Un cottage en Cornouailles

NORA ROBERTS

Un cottage en Cornouailles

Collection : NORA ROBERTS

Titre original : ONCE MORE WITH FEELING

Traduction française de FABRICE CANEPA

HARLEQUIN®
est une marque déposée par le Groupe Harlequin

Photos de couverture
Paysage : © JON ARNOLD IMAGES/MASTERFILE
Maison : © DAVID CLAPP/GETTY IMAGES
Réalisation graphique couverture : T. SAUVAGE

© 1983, Nora Roberts. © 2012, Harlequin S.A.

83-85, boulevard Vincent-Auriol, 75646 PARIS CEDEX 13.

Service Lectrices — Tél. : 01 45 82 47 47
www.harlequin.fr

ISBN **978-2-2802-3377-4**

Chapitre 1

Il s'était installé à l'écart, prenant soin de rester hors de vue, et l'observait attentivement. La première chose qui l'avait surpris lorsqu'il l'avait revue, c'était le fait qu'elle n'avait presque pas changé. En fait, en posant les yeux sur elle, il avait brusquement eu l'impression de se retrouver projeté cinq ans en arrière.

Raven Williams était toujours aussi mince et élancée, ce qui donnait à ses interlocuteurs une trompeuse impression de fragilité. Une impression démentie par l'éclat farouche de ses beaux yeux gris, qui trahissaient une volonté et une force de caractère peu communes.

Elle n'avait pas coupé ses longs cheveux, qui lui descendaient jusqu'aux hanches. Elle ne les attachait jamais et ils flottaient autour d'elle comme une cape de soie noire, accentuant l'impression de sensualité qui se dégageait d'elle.

Son visage aux traits fins, aux pommettes saillantes et au menton légèrement pointu évoquait celui d'une fée. Ses lèvres très rouges étaient le plus souvent illuminées par un sourire un peu rêveur, comme si elle se trouvait toujours à mi-chemin d'un autre monde.

Ce n'était d'ailleurs pas très éloigné de la vérité. A ses yeux, Raven s'était toujours trouvée en communication avec une dimension différente, faite de musique et de sons, de rythmes et de mélodies dans lesquels elle puisait son inspiration.

Mais ce qu'il reconnaissait par-dessus tout, c'était cette voix inoubliable. Riche, profonde, veloutée, avec cette note légèrement rauque, subtil mélange de mystère et de sensualité. C'était cette voix qui fascinait ses fans à travers le monde et qui l'avait envoûté, lui aussi, autrefois.

Tandis qu'elle chantait, il remarqua à quel point elle était nerveuse. Elle ne s'était jamais vraiment sentie chez elle dans l'atmosphère lisse et policée d'un studio d'enregistrement. Il ne put s'empêcher de sourire : cela faisait six ans qu'elle avait enregistré son premier album et on aurait pu croire, depuis tout ce temps, qu'elle finirait par se familiariser avec ce genre d'exercice.

Mais le talent de Raven ne s'épanouissait jamais aussi bien qu'en public. C'était dans les bars et les salles de spectacle qu'elle parvenait vraiment à se laisser aller, à s'abandonner pleinement à la musique.

Les yeux fermés, son casque sur les oreilles, Raven écoutait les dernières prises que le groupe venait d'enregistrer. Globalement, elle était plutôt satisfaite du résultat. Seul le dernier morceau lui paraissait un peu plus faible que les autres.

Elle coupa la ligne de chant et se concentra sur la partie instrumentale. Celle-ci lui sembla parfaite. Elle modifia donc les réglages de la table de mixage pour ne plus entendre que la voix. Il lui sembla que quelque chose manquait. Cela paraissait trop plat, trop froid.

Raven ôta son casque et fit signe à son guitariste, qui discutait avec l'ingénieur du son.

— Marc ?

Il se tourna vers elle et lui sourit.

— Un problème ?

— Je trouve que le dernier morceau manque de relief, déclara la jeune femme. Qu'est-ce que tu en penses ?

Elle avait une confiance absolue en Marc Ridgely. C'était probablement l'un des meilleurs musiciens qu'elle ait jamais rencontrés. Non seulement il jouait merveilleusement de la guitare mais il avait également un sens aigu des arrangements.

Marc caressa pensivement sa barbe, comme il le faisait toujours lorsqu'il se sentait embarrassé, et Raven comprit immédiatement ce qu'il s'apprêtait à lui dire.

— Je ne vois aucun problème au niveau des instruments, déclara-t-il enfin. Mais tu devrais peut-être refaire une prise…

La jeune femme ne put s'empêcher de rire. Ce genre de commentaire était typique de Marc : il avait toujours la délicatesse de ménager l'ego et la susceptibilité des artistes avec lesquels il travaillait.

— J'ai bien peur que tu n'aies raison, lui dit-elle en remettant son casque.

Elle gagna la cabine insonorisée et, après avoir refermé la porte derrière elle, se plaça devant le microphone.

— Je vais refaire une prise de *Love and Lose*, annonça-t-elle à l'intention du technicien qui se trouvait de l'autre côté de la baie vitrée. Je me suis laissé dire que la précédente n'était pas à la hauteur.

Marc lui sourit et alla se placer derrière la gigantesque console. Elle lui fit signe qu'elle était prête et il envoya la musique. Raven ferma les yeux, se laissant envahir par les arpèges qui constituaient l'introduction du morceau.

Il s'agissait d'une ballade sombre et lancinante qui s'harmonisait parfaitement avec la tonalité chaude et légèrement rauque de sa voix. Elle avait écrit les paroles des années auparavant mais c'était la première fois qu'elle se sentait assez forte pour les chanter en public.

Jusqu'alors, cette chanson était restée enfermée au plus profond d'elle-même, dans ce sombre recoin de son esprit où elle remisait ses souvenirs les plus douloureux. C'était d'ailleurs précisément là qu'elle devait puiser l'énergie qui manquait à sa précédente interprétation. Si elle voulait trouver le ton juste, elle devait ouvrir les vannes de sa mémoire, retrouver l'état d'esprit qui avait été le sien lorsqu'elle avait composé ce morceau.

Raven lutta contre la peur qui l'étreignait à la simple idée de revivre ces moments d'angoisse et de désespoir. Elle se projeta dans le passé, se sentant aussitôt envahie par une souffrance aussi poignante que familière.

Lorsqu'elle commença à chanter, sa voix s'était chargée d'une émotion qu'elle ne cherchait plus à contrôler. Elle reflétait un mélange envoûtant de mélancolie, de regrets et de douleur.

Lorsque le morceau prit fin, elle dut faire un immense effort pour refouler les larmes qui menaçaient de la submerger. Les musiciens la contemplaient avec un mélange d'admiration et de stupeur, comprenant qu'elle venait de se mettre à nu.

Brusquement, la jeune femme sentit une certaine gêne l'envahir. Aussitôt, Marc la rejoignit dans la cabine et passa affectueusement un bras autour de ses épaules.

— Ça va ? lui demanda-t-il d'une voix très douce.

— Oui, articula Raven, qui luttait pour réprimer les tressaillements qui la parcouraient. Bien sûr… Je crois juste que je me suis laissé un peu emporter, cette fois-ci.

Il lui sourit et l'embrassa sur la joue. Cette démonstration d'affection était d'autant plus précieuse que Marc était connu pour son extrême timidité.

— Tu as été fantastique ! déclara-t-il avec conviction.

Raven sentit refluer la souffrance qui l'habitait et elle sourit à son tour.

— Merci. J'en avais vraiment besoin…

— Du baiser ou du compliment ?

— Des deux, répondit-elle en riant. Tu sais combien les stars ont besoin de se sentir admirées !

— Qu'est-ce qu'il ne faut pas entendre ! s'exclama joyeusement le batteur de la jeune femme.

Marc sourit. L'une des choses qu'il appréciait le plus chez Raven était le fait que, malgré son succès, elle ne s'était jamais vraiment prise au sérieux. Contrairement à bien des artistes avec lesquels il avait travaillé, elle avait su rester naturelle et traitait toujours d'égal à égal les gens qui l'entouraient.

— Sur ces bonnes paroles, dit la jeune femme, je crois que nous pouvons déclarer officiellement la fin de l'enregistrement !

Quelques vivats fusèrent dans le studio. C'est alors que Raven remarqua la silhouette d'un homme qui se tenait dans l'ombre. Lorsqu'il s'avança enfin, elle sentit les battements de son cœur s'emballer et un brusque vertige s'empara d'elle.

L'émotion qu'elle avait ressentie en interprétant le dernier morceau resurgit en elle, plus violente encore qu'auparavant.

— Brandon, murmura-t-elle d'une voix tremblante.

Une panique incontrôlable la submergea et, l'espace de quelques instants, elle fut tentée de fuir sans demander son reste. Mais les années passées à arpenter les scènes à travers tout le pays lui avaient appris à maîtriser ses émotions, à dominer son trac et ses angoisses.

Tandis que Brandon Carstairs la rejoignait dans la cabine, elle fit appel à toute son expérience pour se composer une expression détachée. Elle aurait tout le temps, par la suite, de remettre de l'ordre dans ses pensées, de digérer le choc qu'elle avait éprouvé en se retrouvant en face de lui après toutes ces années.

— Brandon ! s'exclama-t-elle d'un ton volontairement léger. Quel plaisir de te revoir !

S'approchant de lui, elle l'embrassa sur les deux joues.

Brandon était stupéfié par la maîtrise de soi dont Raven faisait preuve. Il avait pourtant remarqué sa première réaction. Elle avait pâli et vacillé légèrement, et il avait craint un instant qu'elle ne prenne la fuite.

Mais elle avait visiblement décidé de ne rien laisser paraître de cette émotion, de s'abriter derrière un masque d'affable indifférence. L'ampleur de cette apparente transformation le surprit. Jadis, Raven aurait été incapable d'exercer un tel contrôle sur elle-même.

Contrairement à ce qu'il avait cru, elle avait changé.

— Raven, lui dit-il en se mettant au diapason de sa fausse décontraction. Tu es splendide !

La jeune femme se contraignit à sourire. La voix de Brandon éveillait en elle des souvenirs aussi troublants que douloureux. Elle avait conservé cette légère pointe d'accent irlandais qui formait un contraste si sensuel avec son anglais irréprochable.

Physiquement, il n'avait pas beaucoup changé non plus. Il était grand, toujours un peu trop maigre. Ses cheveux étaient aussi noirs que ceux de la jeune femme mais ils formaient une masse de boucles emmêlées.

Ses traits parfaitement dessinés s'étaient creusés de quelques rides, au coin des yeux et de la bouche, qui lui donnaient l'air plus mûr. Curieusement, cela le rendait plus séduisant encore, et Raven comprenait l'adoration que lui vouaient ses fans et ses groupies partout dans le monde.

Elle-même avait autrefois été fascinée par ce visage aux pommettes saillantes, par ces yeux bleu-vert à l'expression légèrement rêveuse. Il les tenait de sa mère irlandaise. Son père anglais lui avait légué son élégance naturelle et sa distinction toute britannique.

— Tu n'as pas changé, déclara la jeune femme d'un ton où perçait une pointe de détresse.

— C'est étrange, répondit Brandon en souriant. Je me disais exactement la même chose à ton sujet. Mais je suppose que ce n'est vrai ni dans un cas ni dans l'autre.

— Probablement… Mais dis-moi, qu'est-ce qui t'amène à Los Angeles, au juste ?

— Un projet professionnel…

Il lui lança l'un de ces regards envoûtants dont il avait le secret et Raven se sentit frémir malgré elle.

— Et le plaisir de te revoir, bien sûr, ajouta-t-il galamment.

— Je n'en doute pas, répondit la jeune femme d'une voix un peu sèche.

Son ton étonna Brandon. La Raven qu'il avait connue n'aurait jamais parlé de la sorte. Mais il y avait de l'amertume en elle désormais, et il comprit qu'il en était probablement en grande partie responsable.

— Tu te trompes, lui dit-il. Je voulais vraiment te rencontrer. Est-ce que tu serais libre à dîner, un soir de la semaine ?

Raven sentit les battements de son cœur s'accélérer. Elle essaya vainement de se convaincre que ce n'était qu'un simple réflexe, que rien de ce que pouvait dire ou faire Brandon ne pouvait plus la toucher. Mais elle ne parvint pas à s'en persuader réellement.

— Je suis désolée, répondit-elle. Je suis vraiment débordée, ces temps-ci…

Ce n'était pas faux, songea-t-elle. L'enregistrement de son album venait de se terminer mais elle devait préparer sa tournée prochaine.

— Il faut pourtant que je te parle, insista Brandon. Si tu préfères, je passerai te voir chez toi dans la journée.

— Brandon…, fit Raven.

— Tu habites toujours avec Julie, n'est-ce pas ? ajouta-t-il sans lui laisser le temps de protester.

— Oui, mais…

— Je serais vraiment ravi de la revoir. Je passerai demain vers 16 heures.

Il se pencha vers elle et l'embrassa sur les deux joues comme un vieil ami avant de se détourner pour quitter le studio. Tout en le suivant des yeux, Raven se demanda si elle n'allait pas regretter amèrement de n'avoir pas refusé cette visite.

Une heure plus tard, Raven passa le portail électrique qui donnait sur la villa qu'elle avait achetée à Los Angeles quelques années auparavant. Comme à son habitude, elle conduisait elle-même son véhicule, une belle Jaguar bleu marine.

Julie avait essayé de la convaincre d'engager un chauffeur mais elle s'y était toujours opposée. Elle aimait bien trop la sensation de liberté que lui procurait cette voiture. Il lui arrivait même de rouler pour le plaisir. Elle longeait alors la côte ou s'enfonçait dans le désert californien.

Malheureusement, ce jour-là, le trajet qu'elle avait parcouru depuis le studio d'enregistrement situé dans North Hollywood n'avait pas suffi à distraire son esprit en effervescence.

Le retour de Brandon l'avait prise par surprise et elle n'était pas certaine de ce qu'elle ressentait à l'idée de le revoir le jour suivant. Pendant longtemps, elle était parvenue, sinon à l'oublier, du moins à isoler son souvenir dans une partie étanche de son esprit à laquelle elle ne se permettait jamais d'accéder.

Après s'être garée devant la maison, Raven gravit les quatre marches qui menaient au porche. La porte était fermée à clé et elle dut fouiller dans son sac à main pendant plusieurs minutes avant de trouver son trousseau.

Lorsqu'elle eut enfin ouvert, elle se rendit directement dans la salle de musique et se jeta sur son canapé préféré. Là, elle resta longuement immobile, les yeux dans le vague. Le mur qui lui faisait face était couvert d'étagères surchargées de partitions et de livres traitant exclusivement de musique.

Il y avait les biographies des artistes préférés de Raven : Jimi Hendrix, Miles Davis, Thelonious Monk et bien d'autres. On y trouvait aussi quelques magazines spécialisés qui traitaient pour la plupart d'instruments et de matériel de prise de son.

Au cours des années, la jeune femme avait équipé la pièce d'un système d'enregistrement très performant. Il y avait une table de mixage reliée à un ordinateur sur lequel elle stockait toutes ses compositions, un micro, un beau piano Steinway, plusieurs guitares acoustiques, folks et électriques, une basse et tout un assortiment d'instruments plus exotiques qu'elle collectionnait pour le plaisir.

Çà et là des instruments jonchaient le sol ou étaient suspendus au mur : une mandoline, deux banjos à quatre et cinq cordes, un tympanon, une harpe celtique, une cithare, un bâton de pluie australien, un didjeridoo, un ukulélé, un oud et même une kora du Sénégal.

La décoration était aussi dépareillée que les instruments : le tapis était persan ; la table basse, africaine ; et le canapé, très anglais. Elle avait acheté les lampes aux enchères, de même que l'œuf de Fabergé et le dessin de Picasso qui était accroché au mur.

A ses côtés étaient disposés les disques d'or et de platine que la jeune femme avait remportés, ainsi que l'affiche de son tout premier concert. L'ensemble formait un improbable amalgame mais c'était dans cette pièce que Raven se sentait le plus à l'aise.

Chaque objet avait une histoire et une signification personnelle. Pour le reste de la maison, elle s'en était remise entièrement à Julie dont elle connaissait le goût très sûr, mais ici c'était son royaume, l'endroit où elle avait composé la majeure partie des morceaux qui lui avaient valu son succès.

Seuls ses amis les plus proches y étaient admis. Et Brandon, en son temps, songea-t-elle tristement.

Agacée par ce souvenir douloureux, la jeune femme alla s'asseoir devant le piano et attaqua une sonate de Beethoven avec une fougue qui confinait à la rage. Sous ses doigts, la mélodie se développa, sauvage et indomptable. Elle martelait les touches avec fureur, laissant s'exprimer le mélange d'angoisse, de colère et de frustration qui l'habitait depuis qu'elle avait revu Brandon.

Lorsqu'elle conclut enfin, les dernières notes

restèrent longtemps suspendues dans l'air, comme pour la narguer.

— Je vois que tu es rentrée, fit une voix derrière elle.

Raven se retourna et avisa Julie, qui se tenait sur le seuil de la pièce. Son amie s'avança de cette démarche assurée et conquérante qu'elle lui avait toujours connue.

Les deux femmes s'étaient rencontrées au cours d'une soirée, six ans auparavant. Julie, héritière d'une fortune prodigieuse, passait le plus clair de son temps à courir les fêtes où se pressait le gratin de Los Angeles.

Elle paraissait connaître personnellement tout ce que la ville comptait d'acteurs, de réalisateurs, de musiciens et de peintres et se plaisait à dire qu'elle était la seule de tous ses amis à n'avoir aucun don artistique.

Raven avait tout de suite été séduite par la franchise et l'humour de la jeune femme et elles étaient rapidement devenues des amies inséparables. Finalement, presque naturellement, Julie avait commencé à s'occuper des aspects logistiques de la vie de Raven, laissant celle-ci se consacrer pleinement à son art.

Elle était devenue une sorte d'assistante qui gérait son emploi du temps, ses investissements financiers, ses déplacements et tous les détails matériels que Raven trouvait trop fastidieux et déprimants. Elle se consacrait à cette tâche avec passion, heureuse d'avoir enfin trouvé quelque chose qui donne un sens à son existence oisive.

— Est-ce que l'enregistrement s'est mal passé ? demanda Julie en fronçant les sourcils.

Elle connaissait suffisamment Raven pour savoir que l'expression qui se peignait sur son visage n'annonçait rien de bon. Cela faisait des années qu'elle ne lui avait pas vu un regard si sombre et si désespéré.

— Qu'y a-t-il ? reprit-elle, inquiète.

— Il est revenu, répondit simplement Raven.

Julie n'eut pas besoin de lui demander de qui elle parlait. Un seul homme au monde était capable de la mettre dans cet état.

— Où l'as-tu rencontré ?

— Au studio…, soupira Raven en passant nerveusement la main dans ses longs cheveux noirs. Il est passé me voir à la fin de l'enregistrement. Je ne sais même pas combien de temps il est resté là à m'observer avant de venir me parler.

— Je me demande ce qu'il fait en Californie.

— Je ne sais pas. Il a dit qu'il était là pour affaires. Peut-être prépare-t-il aussi une nouvelle tournée…

La jeune femme se massa la nuque sans parvenir à se défaire de la tension nerveuse qui l'habitait.

— Il doit venir demain.

— Je vois, soupira Julie.

— Ce n'est pas ce que tu penses, protesta Raven.

Alors, ne me fais pas ces yeux-là… Cette fois, je vais vraiment avoir besoin de ton aide !

— Très bien… Prenons les choses dans l'ordre : est-ce que tu veux vraiment le revoir ?

Cette question terre à terre était typique de Julie, songea Raven. Et c'était exactement ce qu'elle attendait d'elle en cet instant où elle ne parvenait plus à penser clairement.

— Non, répondit-elle. Oui…

Elle étouffa un juron et pressa ses tempes douloureuses.

— Je ne sais pas, avoua-t-elle enfin. J'ai cru que tout était fini, qu'il avait disparu définitivement de ma vie. Mais maintenant…

Elle s'interrompit de nouveau et poussa un gémissement. Finalement, incapable de tenir en place, elle se leva et commença à arpenter la pièce de long en large. Julie la contempla pensivement, songeant qu'elle n'avait plus rien d'une star du rock en cet instant. Elle n'était plus qu'une femme qui souffrait terriblement.

— Je pensais avoir tourné la page, reprit-elle. Je croyais que le passé était mort et enterré.

Raven se tut, ne parvenant pas à comprendre comment elle pouvait se sentir encore si vulnérable après tant de temps. Il lui avait suffi de le revoir une fois pour que resurgissent tous ses doutes et toutes ses angoisses.

— Je savais bien que je le reverrais un jour, poursuivit-elle. J'avais toujours pensé que ce serait à New York ou à Londres puisque c'est là qu'il passe le plus clair de son temps. Mais jamais je n'aurais cru le retrouver à Los Angeles. Le pire, c'est que c'est arrivé juste après que j'ai eu fini de chanter cette maudite chanson. Tu sais, celle que j'avais écrite lorsqu'il est parti. C'est incroyable, n'est-ce pas ?

Julie ne répondit pas immédiatement, laissant à Raven le temps de recouvrer un peu ses esprits.

— Que comptes-tu faire ? demanda-t-elle enfin.

— Faire ? répéta son amie en la regardant droit dans les yeux. Mais je ne compte rien faire du tout ! Je ne suis plus une enfant qui rêve au Prince charmant et aux lendemains qui chantent ! Je n'avais que vingt ans lorsque j'ai rencontré Brandon et j'étais littéralement fascinée par son talent. Il s'est montré patient et gentil à un moment de ma vie où j'en avais grand besoin. Je ne comprenais rien à ce qui était en train de m'arriver. Je n'arrivais pas à m'habituer à mon propre succès et à la façon dont les choses s'accéléraient…

Elle s'interrompit, fermant les yeux pour mieux revivre ce qui s'était passé alors.

— Je crois que c'est cela qui l'a fait fuir, en fin de compte… A ses yeux, je ne devais être qu'une gamine sans expérience et il n'avait pas envie de jouer les baby-sitters… Alors, il est parti. Et il m'a brisé le cœur. J'ai longtemps essayé de me persuader qu'il m'avait tout de même aimée mais je sais à présent que ce n'était probablement pas le cas. On n'abandonne pas de façon aussi brutale quelqu'un à qui on tient vraiment.

Raven se tourna vers Julie, qui l'écoutait attentivement, les bras croisés sur sa poitrine.

— Pourquoi est-ce que tu ne dis rien ? lui demanda-t-elle.

— Parce que je trouve que tu t'en sors très bien toute seule. Mon analyse de la situation est la même que la tienne.

— Cela ne m'étonne pas, acquiesça Raven. Tu es la seule personne qui me connaisse vraiment et qui ne m'ait jamais trahie… J'ai vite compris qu'en laissant les gens devenir trop proches de moi je m'exposais, je leur donnais la capacité de me faire du mal. C'est ce qui s'est passé avec ma mère lorsque j'étais enfant et avec Brandon ensuite…

Raven prit une profonde inspiration avant de poursuivre.

— J'étais amoureuse de lui. Je croyais qu'il m'aimait. Aujourd'hui, je sais qu'il n'en était rien. Mais lorsque je l'ai revu, juste après avoir interprété cette chanson, je n'ai pas eu le temps de m'endurcir. Demain, lorsqu'il viendra me voir, je serai prête. J'écouterai ce qu'il a à me dire et ensuite je le raccompagnerai jusqu'à la porte. Qui sait ? Cela m'aidera peut-être à tirer définitivement un trait sur cette histoire.

— Le crois-tu vraiment ? demanda Julie, dubitative.

— Oui, répondit Raven, qui sentait revenir progressivement sa confiance en soi. J'aime ce que j'ai fait de ma vie, Julie. Et je n'ai aucune envie d'en changer. Ni pour lui ni pour personne d'autre.

Chapitre 2

Raven choisit ses vêtements avec soin. Elle essaya de se convaincre que c'était parce qu'elle avait prévu de se rendre à une séance d'essayage pour sa prochaine tournée et de déjeuner avec son agent. Mais, tandis qu'elle hésitait devant son armoire, c'était bien à Brandon qu'elle pensait.

Elle finit par opter pour un chemisier de soie blanche et un tailleur noir qui mettait en valeur sa silhouette et dans lequel elle se sentirait plus sûre d'elle.

Elle choisit également une ceinture au fermoir d'or et ses boucles d'oreilles favorites et étudia l'image que lui renvoyait son miroir. La jeune fille sans le sou qu'elle avait été autrefois ne se serait sans doute pas reconnue dans cette rock-star élégante, songea-t-elle avec un mélange de fierté et de nostalgie.

Lorsqu'elle arriva chez Wayne Metcalf, elle se rendit compte qu'elle n'était pas la seule à avoir connu une telle métamorphose au cours de ces dernières années. Raven avait connu Wayne dans un bar où elle chantait tous les soirs avant de devenir célèbre.

Il y travaillait comme serveur mais ambitionnait de devenir couturier. Il lui avait montré les dessins des vêtements qu'il rêvait de réaliser. La jeune femme avait été fascinée par le mélange d'audace et d'élégance de ses croquis. Et elle n'avait pas oublié…

Quelques années plus tard, elle avait enfin été remarquée par le producteur d'un petit label de rock et avait enregistré son premier album. Lorsqu'il avait été question des tenues de scène qu'elle porterait lors de sa tournée, elle s'était immédiatement souvenue de Wayne. Elle avait repris contact avec lui et l'avait engagé.

Grâce au salaire que lui versait le label, Wayne avait ouvert son premier atelier, juste au-dessus d'un petit restaurant grec. Raven se souvenait avec émotion de leurs premières séances d'essayage. Une odeur d'épices et d'huile d'olive flottait dans la pièce et on entendait la musique traditionnelle qui montait de l'étage inférieur.

Mais Wayne n'était pas resté longtemps dans ce local exigu. La tournée de Raven avait été un véritable triomphe et les ventes de son album n'avaient pas tardé à décoller. Dès lors, son costumier attitré avait été submergé de commandes d'autres artistes.

Il avait alors fondé Metcalf Designs et acheté un beau bâtiment situé sur les hauteurs de Beverly Hills. Il avait également engagé toute une équipe de couturières et de designers. Mais il se faisait un point d'honneur de concevoir personnellement toutes les tenues de Raven, à laquelle il vouait une reconnaissance éternelle.

Comme Julie, il avait connu la jeune femme avant qu'elle n'accède à la célébrité. Il la considérait comme une amie et non comme une star et faisait preuve envers elle d'une loyauté indéfectible.

Il avait d'ailleurs beaucoup aidé Raven à s'adapter à sa nouvelle vie et à retrouver ses marques. Car son existence avait basculé du jour au lendemain : aux petits boulots et aux fins de mois difficiles avaient succédé la gloire et la fortune.

Mais ce que la plupart des gens ne voyaient pas, c'était la formidable pression qui s'exerçait sur les artistes comme elle. Il fallait améliorer sans cesse ses performances et ses compositions, sillonner le pays pendant des mois jusqu'à perdre le sens du temps et de la géographie, répondre à des centaines de journalistes et à des milliers de fans…

Il n'était plus question de négliger sa voix ou sa silhouette, d'espérer échapper aux paparazzi qui la poursuivaient partout ou de nouer des rapports vraiment désintéressés avec les gens qui l'entouraient.

Sans le soutien de Wayne et de Julie, Raven aurait sans doute eu beaucoup de mal à faire face à cette étrange existence.

Tandis que la jeune femme se faisait cette réflexion, elle se dirigea vers le bar qui occupait le fond de la pièce consacrée aux essayages. Ouvrant le réfrigérateur, elle prit une cannette de jus d'orange.

Nombre de gens auraient été surpris d'apprendre que Raven ne consommait jamais d'alcool. Dans son métier, les occasions de boire ne manquaient pas et la plupart des artistes qu'elle connaissait avaient sombré dans l'alcoolisme à un moment ou à un autre de leur carrière.

Mais Raven avait été confrontée à ce problème bien avant de devenir la chanteuse célèbre et reconnue qu'elle était aujourd'hui. Très jeune, elle avait appris à se défier de sa mère lorsqu'elle s'adonnait à son vice favori.

Elle avait dû endurer les regards moqueurs, les chuchotements entendus, les plaintes des voisins et les discours compatissants de ses amis. Il lui semblait parfois qu'à cette époque l'alcool avait constitué l'axe autour duquel gravitait toute leur existence.

De crises en rémissions, de dégoûts en rechutes, la boisson avait rythmé leur vie. Raven vivait alors dans un état d'anxiété presque constant. Chaque fois que sa mère rentrait tard, chaque fois qu'elle ne répondait pas au téléphone, chaque fois qu'elle était incapable de se rendre à son travail, Raven craignait le pire.

Et aujourd'hui, elle avait de nouveau disparu. Elle se terrait probablement dans quelque motel sordide où elle buvait à longueur de journée pour oublier toutes ces années perdues. Elle finirait sans doute par réapparaître lorsqu'elle n'aurait plus assez d'argent pour régler sa note…

Raven soupira tristement et s'efforça de bannir ces images désespérantes. Mais elle avait beaucoup de mal à se départir du mélange de chagrin et de culpabilité qui l'assaillait chaque fois qu'elle pensait à sa mère. Car elle se demandait toujours si elle n'était pas en partie responsable de l'état de détresse dans lequel elle se trouvait.

Aurait-elle pu trouver les mots justes, autrefois, pour la convaincre de renoncer à l'alcool ? Les choses auraient-elles été différentes si elle s'était montrée plus affectueuse, plus dévouée, plus encourageante ? Probablement pas, songea-t-elle une fois encore. Mais comment en être vraiment sûre ?

L'arrivée de Wayne la tira de ses sombres méditations. Le fondateur de Metcalf Designs était un homme d'une trentaine d'années aux cheveux et aux yeux bruns. Il se dégageait de lui une impression de vitalité et de sérieux et l'on aurait aisément pu le prendre pour un jeune professeur d'université. Seule la cicatrice qui ornait sa tempe gauche contrastait avec cette apparence très sage.

D'un pas décidé, il traversa la pièce et se planta à quelques pas d'elle pour la contempler à son aise.

— Magnifique ! s'exclama-t-il avec enthousiasme. Tu es tout simplement splendide ! Est-ce en mon honneur que tu t'es habillée de cette façon ?

— Bien sûr ! répondit Raven en souriant.

La simple présence de son ami suffisait à chasser les idées noires qui l'avaient assaillie et elle sentit monter en elle une profonde reconnaissance.

Wayne la prit affectueusement dans ses bras et l'embrassa sur les deux joues.

— Remarque bien que, si tu avais l'intention de

t'attirer mes faveurs, tu aurais pu choisir une de mes créations…, déclara-t-il enfin.

— Ne me dis pas que tu es jaloux, protesta Raven.

— Je suppose qu'aucun créateur n'est à l'abri de ce genre de mesquinerie, ironisa Wayne.

Il se dirigea vers le bar et se servit un Perrier avant de se tourner de nouveau vers la jeune femme d'un air pensif.

— J'aurais vraiment dû sortir avec toi lorsque je t'ai rencontrée, soupira-t-il. Je n'aurais pas passé le reste de ma vie à regretter de ne pas l'avoir fait…

— Tu as eu ta chance, répondit-elle en souriant.

— C'est vrai… Mais je travaillais beaucoup trop, à cette époque. Je n'avais pas assez de temps à consacrer à une petite amie. Aujourd'hui, ce n'est plus le cas.

— Mais aujourd'hui, il est trop tard. Je tiens beaucoup trop à ton amitié pour courir le risque de la gâcher. Et puis je ne sais pas si je serais à la hauteur de tous ces mannequins avec lesquels tu sors !

— Oh ! dit Wayne avec un geste vague, je ne fais cela que pour me donner un genre… Au fond, je suis un garçon plutôt casanier.

— Qu'est-ce qu'il ne faut pas entendre ! s'exclama Raven en riant.

— A propos de vieilles histoires, j'ai appris que Brandon Carstairs était de passage en ville, déclara son ami d'un air faussement détaché.

La bonne humeur de la jeune femme s'évanouit brusquement et elle hocha la tête d'un air sombre.

— Je ne savais pas que tu étais au courant…

— Les allées et venues de Brandon ne passent jamais inaperçues. Il est toujours suivi par une interminable cohorte de groupies et de journalistes.

— C'est vrai.

— Ce n'est pas trop dur pour toi ?

— De l'eau a coulé sous les ponts depuis cette époque, tu sais, répondit Raven avec une parfaite mauvaise foi.

— Qui crois-tu tromper ? Je me souviens très bien de l'état dans lequel tu étais lorsqu'il t'a quittée.

— Moi aussi, je me le rappelle, soupira la jeune femme. Et je ne répéterai jamais assez combien je te suis reconnaissante de m'avoir soutenue comme tu l'as fait. Sans Julie et toi, je ne crois pas que je m'en serais sortie.

— Les amis sont faits pour cela. Mais ce que je veux savoir, c'est comment tu te sens aujourd'hui.

Il s'approcha et prit doucement la main de Raven dans la sienne.

— Tu sais que ma proposition de lui casser la figure tient toujours, déclara-t-il.

Raven ne put s'empêcher de sourire.

— Je suis certaine que tu en ferais de la bouillie, Wayne, répondit-elle. Mais ce ne sera pas nécessaire, vraiment… Je ne vais pas m'effondrer comme la dernière fois, simplement parce que Brandon et moi nous trouvons dans la même ville. Après tout, cela devait se produire un jour ou l'autre. Il est même étonnant que nous ne nous soyons pas croisés auparavant au cours d'une soirée ou d'un festival…

— Est-ce que tu es toujours amoureuse de lui ?

Raven ne s'était pas attendue à une approche aussi directe et elle détourna les yeux.

— Je crois que la question est : l'ai-je jamais aimé ? répondit-elle enfin.

— Nous connaissons l'un comme l'autre la réponse… Nous sommes amis depuis longtemps, Raven. Et je ne veux pas te voir souffrir.

— Ne t'inquiète pas pour moi. Rien ne va m'arriver… Brandon appartient au passé. Un passé douloureux mais révolu. Je sais mieux que n'importe qui qu'il est inutile de le fuir et je me sens prête à l'affronter.

Elle serra la main de Wayne et lui décocha un sourire rassurant. Mais, en son for intérieur, elle était loin d'être aussi confiante qu'elle voulait bien le laisser paraître.

— Au travail, s'exclama-t-elle pour faire diversion. Montre-moi les costumes que tu as préparés pour la tournée. J'ai hâte de les voir !

Wayne parut hésiter puis comprit probablement qu'il ne tirerait rien de plus d'elle. Se détournant, il gagna le bar et pressa la touche de l'Interphone qui lui permettait de communiquer avec son assistante.

— Sarah ? Apportez-moi les tenues de Mlle Williams, s'il vous plaît.

Quelques instants plus tard, Sarah les rejoignit et déposa sur la table qui trônait au centre de la pièce une pile de vêtements. Raven avait déjà vu les croquis que Wayne avait réalisés mais elle fut néanmoins surprise de découvrir le résultat final.

Ces tenues avaient été fabriquées pour la scène et le tissu devait accrocher la lumière des projecteurs. Il était donc difficile de se faire une idée précise de ce que verraient vraiment les gens dans cette pièce éclairée normalement. Mais Wayne lui assura que l'aspect un peu clinquant de ces tenues serait gommé par la distance et l'éclairage.

Raven commença alors la séance d'essayage, laissant son ami réaliser les ajustements qu'il jugeait nécessaires. Tandis qu'elle se tenait face aux miroirs qui tapissaient le mur du fond, elle laissa son esprit vagabonder de nouveau.

Elle se rappela leur premier essayage, six ans auparavant. Elle n'était alors qu'une gamine qui ne comprenait pas réellement ce qui était en train de lui arriver. Du jour au lendemain, elle était passée de l'anonymat à la célébrité. Son album atteignait des records de vente inespérés et elle était sur le point d'entreprendre une énorme tournée à travers tous les Etats-Unis.

Elle n'avait pas tardé à comprendre que cette reconnaissance soudaine pouvait très bien disparaître du jour au lendemain. Nombre d'artistes avaient appris à leurs dépens combien la gloire pouvait être éphémère.

Un chanteur pouvait à tout moment se retrouver propulsé du succès dans l'oubli. Dès lors, les portes se refermaient plus vite encore qu'elles ne s'étaient ouvertes et il ne fallait plus espérer le moindre soutien de toutes les personnes qui vous avaient juré une amitié éternelle au temps de votre splendeur.

On disait d'ailleurs qu'un second album était plus difficile encore à produire qu'un premier. Car il fallait alors compter avec les attentes des fans et des chroniqueurs. Raven avait décidé de leur prouver que son triomphe n'était pas un effet du hasard et elle avait travaillé très dur à la conception de son deuxième disque.

C'est à cette époque qu'elle avait rencontré Brandon Carstairs. Leur liaison avait fait la une de tous les magazines de musique et de tous les journaux consacrés à la vie des stars. Cela n'avait fait que renforcer leur popularité, et plusieurs journalistes étaient même allés jusqu'à les qualifier de roi et reine du rock and roll.

Raven et Brandon avaient alors dû faire face à un véritable harcèlement de la part de leurs fans. Chacun de leurs déplacements était suivi par une horde de photographes. Ils étaient ensuite commentés et passés au crible. C'est ainsi que la jeune femme avait pu lire dans les journaux la chronique détaillée de ses propres amours, du commencement à la fin.

Et, lorsque le soleil s'était enfin couché sur leur relation, lorsque Brandon l'avait quittée, la reine du rock était progressivement redevenue une chanteuse comme les autres. Pour échapper aux articles cruels, aux allusions douloureuses et à la souffrance qui l'habitait, Raven s'était entièrement consacrée à la musique.

Et l'album qui était né de cette période sombre de son existence avait dépassé de très loin la notoriété des précédents. Elle s'était alors efforcée de se convaincre que c'était là l'essentiel, que sa carrière était ce qui était le plus important.

Elle s'en était si bien convaincue qu'elle avait tiré un trait sur sa vie sentimentale, renonçant à trouver l'amour et se contentant de quelques aventures sans lendemain lorsque la solitude devenait trop étouffante.

— J'ai intérêt à ne pas prendre de poids d'ici à la tournée, remarqua-t-elle brusquement.

Elle venait d'enfiler une tenue de cuir noir qui moulait son corps comme une seconde peau. Rehaussé de dizaines de petits sequins scintillants, ce vêtement soulignait la silhouette sensuelle de la jeune femme.

— Wayne, je ne sais pas si je me sentirai très à l'aise là-dedans, déclara-t-elle enfin.

— Pourquoi ? Ça te va parfaitement !

— Peut-être un peu trop parfaitement, si tu vois ce que je veux dire. Je pourrais aussi bien être nue…, Tu ne trouves pas ça un peu trop provocant ?

— Bien sûr que si ! Mais c'est justement le but. Tu as un corps splendide, Raven. La plupart de mes clientes ne pourraient pas se permettre de porter ce genre de tenue mais toi, elle te va comme un gant ! Je n'aurai même pas de retouches à faire...

— C'est drôle, dit la jeune femme en se déshabillant. Chaque fois que je viens ici, j'ai l'impression d'aller chez mon médecin. Vous êtes les deux personnes qui me connaissent le mieux...

— Et c'est bien triste, si tu veux mon avis ! Une femme aussi séduisante que toi devrait avoir quelqu'un avec qui partager ses petits secrets.

— Ce ne serait pas la même chose. Tu es le premier à dire que les femmes se confient plus volontiers à leur tailleur qu'à leur petit ami.

— C'est vrai, reconnut Wayne en souriant. Il n'y a pas plus bavard qu'une femme à demi dévêtue...

— Justement, est-ce que tu as entendu quelque chose d'intéressant, ces derniers temps ?

— Babs Curtain a un nouvel amant.

— J'ai dit intéressant, pas évident ! protesta Raven en riant. Qui est-ce ?

— Désolé, mais je suis tenu au secret professionnel.

— Je suis très déçue, répliqua Raven en enfilant ses propres habits. Je pensais que tu me faisais confiance...

— C'est vrai. D'ailleurs, j'ai effectivement appris quelque chose qui devrait t'intéresser. Lauren Chase vient de signer pour interpréter le rôle principal dans *Fantasy*.

Raven se figea, ouvrant de grands yeux.

— Ils ont enfin décidé de l'adapter à l'écran ?

Wayne hocha la tête.

— Je savais bien que cela éveillerait ta curiosité.

— Lauren Chase… C'est un excellent choix, opina pensivement la jeune femme. Est-ce que tu sais qui est chargé d'écrire la bande originale ?

— Tu penses bien que je lui ai posé la question. Malheureusement, elle n'en sait rien.

— Mince ! s'exclama Raven, déprimée. Cela doit vouloir dire qu'il s'agira de quelque illustre inconnu… Comment peuvent-ils gâcher un script aussi brillant en embauchant un vulgaire tâcheron alors que la plupart des musiciens se couperaient le bras droit pour pouvoir participer au projet !

— Ne t'emballe pas ! Il peut s'agir de quelqu'un de talentueux. Si ça se trouve, c'est quelqu'un de connu mais ils attendent d'avoir signé pour révéler son identité…

— Bon sang ! J'aurais tellement voulu pouvoir écrire cette bande originale…

— A mon avis, tu n'es pas la seule, remarqua Wayne.

— Eh ! Je croyais que tu étais de mon côté ! Puisque c'est comme ça, je vais aller racheter une garde-robe chez Florence DeMille.

Wayne grimaça en entendant le nom de sa principale concurrente.

— Je te pardonnerai cette remarque de mauvais goût parce que j'ai un cœur d'or, soupira-t-il d'un air tragique.

*
* *

Après son déjeuner avec Henderson, Raven était de retour chez elle. La maison était silencieuse. Il y flottait une odeur de cire et de citron qui indiquait que Tina était passée.

La jeune femme gagna la salle de musique et constata avec soulagement que, cette fois, sa femme de ménage n'avait pas essayé de mettre de l'ordre dans le chaos qui y régnait. Raven lui avait expliqué plus d'une fois qu'elle avait besoin de ce savant désordre pour créer. Apparemment, Tina avait fini par s'y résigner.

Quittant la pièce, la jeune femme se dirigea vers la cuisine avec l'intention de se préparer une tasse de café. Elle adorait la spacieuse villa qu'elle avait achetée sur les hauteurs de Los Angeles. Les pièces vastes et claires contrastaient heureusement avec l'atmosphère confinée des appartements sordides dans lesquels elle avait passé son enfance.

Ici, il n'y avait ni odeur écœurante de cigarette, ni relents d'alcool, ni cadavres de bouteilles…

— Ici, tout n'est qu'ordre et beauté, luxe, calme et volupté, chantonna-t-elle en remontant le couloir qui menait à la cuisine.

Comme elle passait devant la porte ouverte de la bibliothèque, elle aperçut Julie qui était assise à son bureau, ses pieds nus posés sur la table de travail encombrée de livres et de dossiers. Raven hésita sur le seuil, voyant que son amie était au téléphone, mais celle-ci lui fit signe d'entrer.

— Je suis désolée, monsieur Cummings, mais Mlle Williams a une politique très stricte en matière de publicité… Je suis certaine que votre produit est excellent…

Julie leva les yeux au ciel et Raven ne put s'empêcher de sourire. Ce n'était pas la première fois qu'on lui proposait de composer pour la publicité et elle avait toujours refusé, ne voulant pas ternir son image de marque.

Prenant place dans l'un des fauteuils qui faisaient face à celui qu'occupait Julie, elle écouta la suite de la conversation.

— Bien sûr, je lui transmettrai votre offre. Mais je doute fort qu'elle fasse une exception à la règle qu'elle s'est fixée… Très bien. Au revoir, monsieur Cummings…

Julie raccrocha et poussa un soupir exaspéré.

— Je n'arrivais plus à m'en débarrasser ! s'exclama-t-elle avec agacement.

— Toi ? J'ai peine à le croire ! ironisa Raven. Je croyais que tu étais une spécialiste pour expédier les gêneurs !

— Continue à faire la maligne et, la prochaine fois, je te laisse te débrouiller avec ce type ! Tu te retrouveras à faire la pub d'un shampoing aux algues avant même de comprendre ce qui t'arrive !

— Pitié ! s'écria la jeune femme en riant. Je te promets de garder mes réflexions pour moi mais ne me laisse pas seule dans la piscine aux requins…

Julie lui décocha un pâle sourire avant de s'étirer en grimaçant.

— Tu as l'air fatiguée, observa Raven. Est-ce que tu as beaucoup de travail ?

— Oui, comme toujours lorsqu'il s'agit d'organiser une tournée. Mais tu ne m'as pas dit comment s'était passé l'enregistrement. Est-ce que tu es contente de ce que vous avez fait ?

— Très ! En fait, je crois que c'était la meilleure session que j'ai faite depuis mon premier album. D'habitude, tu sais combien je trouve le processus long et douloureux. Mais, cette fois, quelque chose de magique s'est produit, comme si tout se mettait en place d'un seul coup…

— Cela ne m'étonne pas, remarqua Julie. Tu avais énormément travaillé avant d'entrer en studio.

De fait, après la précédente tournée, Raven avait passé des mois enfermée dans sa salle de musique à peaufiner ses textes et ses arrangements.

— Peut-être. Mais je sais que j'ai également beaucoup de chance. Sans Marc, je ne crois pas que j'aurais réussi à aller aussi loin.

— Allons donc ! Tu es bourrée de talent !

— Comme beaucoup de gens, objecta Raven. Mais la plupart végètent dans des clubs de seconde zone et passent leur vie à rêver du jour où ils enregistreront leur premier disque. La réussite est avant tout une question de chance, insista-t-elle.

— Peut-être, admit Julie. Mais il faut aussi de

la conviction, de la persévérance et des tripes pour aller jusqu'au bout de ce rêve.

Ce n'était pas la première fois que Julie reprochait à Raven son manque de confiance en soi. En réalité, elle lui tenait le même discours depuis le jour où le vent avait commencé à tourner, six ans auparavant. Elle l'avait encouragée sans relâche, l'aidant à surmonter les épreuves, les déceptions et les périodes de doute et de questionnement.

La sonnerie du téléphone interrompit leur conversation et Julie décrocha.

— Allô ? Oui, salut, Henderson. Elle est là... Attends une minute.

Julie tendit le combiné à la jeune femme.

— C'est ton agent, précisa-t-elle.

Au même instant, la sonnette de la porte d'entrée retentit et Julie quitta son fauteuil pour aller ouvrir.

— Ce doit être Brandon, dit Raven en s'efforçant d'adopter un ton détaché. Dis-lui que je le rejoins dans quelques minutes.

— Pas de problème, répondit Julie avant de se diriger vers la porte.

— Henderson ? C'est Raven... Mon sac ? Il est à ton bureau ? Je ne m'étais même pas aperçue que je l'avais perdu...

Julie ne put s'empêcher de sourire. Raven avait une fâcheuse tendance à égarer ses affaires, qu'il s'agisse de son sac, de ses papiers d'identité ou même, parfois, de ses chaussures... Bien sûr, elle n'aurait jamais oublié sa guitare, son médiator ou son accordeur. En fait, en dehors de ce qui concernait la musique, elle n'attachait aucune importance aux biens matériels.

Julie traversa la villa et alla ouvrir la porte d'entrée. Brandon se tenait sur le seuil et elle constata sans surprise qu'il n'avait presque pas changé au cours de ces dernières années.

— Salut, lui dit-elle d'une voix un peu froide. Ravie de te revoir, Brandon.

— Salut, Julie, lança-t-il d'un ton beaucoup plus chaleureux.

— Raven t'attend. Elle ne devrait pas tarder.

Ils pénétrèrent dans la villa et Brandon jeta un coup d'œil circulaire sur le hall d'entrée.

— Ça fait du bien de se retrouver ici, déclara-t-il. Cet endroit m'a manqué…

— Vraiment ? répliqua Julie d'un ton glacial.

Le sourire de Brandon disparut et il jeta un regard résigné à la jeune femme. Il savait qu'elle était dévouée corps et âme à Raven et qu'elle ne lui avait jamais pardonné la façon dont il l'avait abandonnée, des années auparavant.

C'était regrettable parce qu'il appréciait vraiment Julie. Il aimait sa vive intelligence, son élégance naturelle, son sens de l'humour parfois décapant. En fait, en de toutes autres circonstances, il se serait certainement senti attiré par elle.

Elle avait le même âge que lui et était physiquement très séduisante : blonde, avec de beaux yeux bruns et des traits parfaitement dessinés, elle incarnait une sorte d'idéal féminin à la mode californienne.

— Cinq ans, c'est long, soupira-t-il enfin.

— Je ne suis pas certaine que ce soit assez, rétorqua vertement Julie. Tu lui as fait beaucoup de mal, Brandon.

— Je sais.

Brandon regarda Julie droit dans les yeux. Elle fut frappée par ce qu'elle lut dans son regard : apparemment, il avait vraiment conscience d'avoir fait souffrir Raven. Il ne cherchait pas à s'en excuser mais assumait calmement sa responsabilité. Elle ne put s'empêcher d'éprouver un certain respect à son égard.

— Alors tu es revenu…, murmura-t-elle pensivement.

— Pensais-tu vraiment que cela n'arriverait pas ?

— Peu importe ce que je pensais. Elle ne le croyait pas.

Julie avait répondu d'un ton un peu sec, furieuse de découvrir que Brandon n'était pas aussi haïssable qu'elle aurait voulu s'en convaincre. Mais force était de reconnaître qu'il n'avait rien de la star arrogante qu'elle avait voulu voir en lui.

— Julie ! Henderson a dit qu'il enverrait un coursier pour me rapporter mon sac, fit alors Raven, qui venait d'émerger de la bibliothèque et se dirigeait vers eux à grands pas.

A sa démarche et à l'expression de son visage, son

amie comprit qu'elle se sentait terriblement nerveuse mais s'efforçait vaillamment de le dissimuler.

— Je lui ai dit de ne pas se faire de souci pour ça, reprit-elle. Il ne doit y avoir à l'intérieur qu'une vieille brosse à cheveux et une carte de crédit périmée… Salut, Brandon.

S'approchant de lui, elle l'embrassa avec beaucoup plus de naturel que lorsqu'ils s'étaient croisés au studio d'enregistrement. Il se rendit compte qu'elle n'avait pas pris la peine d'enfiler de chaussures ni de se maquiller. Et son sourire paraissait moins contraint que la veille.

— Salut, Raven, répondit-il avec un sourire affable.

— Tu voulais me parler ?

— En effet… Pourrions-nous nous installer dans la salle de musique ? J'ai toujours eu un faible pour cette pièce.

— Bien sûr, répondit-elle en haussant les épaules comme si cette suggestion était parfaitement anodine.

Il savait pourtant combien cet endroit était important pour elle. Jadis, chaque fois qu'il entrait dans la pièce, il avait l'impression de se retrouver dans une projection tridimensionnelle de l'esprit de la jeune femme.

— Tu veux boire quelque chose ? demanda alors Julie.

— Je ne refuserais pas une tasse de thé, répondit-il. Je n'ai pas oublié que tu le prépares à la perfection…

— Je te l'apporte, dit Julie, qui refusait toujours

de se mettre au diapason de son attitude amicale et décontractée.

Se détournant, elle se dirigea vers la cuisine, les laissant seuls. Brandon suivit Raven jusqu'à la salle de musique. Celle-ci ressemblait exactement au souvenir qu'il en avait et il eut brusquement l'impression qu'il venait d'opérer un voyage dans le temps.

Mais, lorsqu'il se tourna vers la jeune femme, la méfiance qu'il perçut en elle lui rappela que bien des choses avaient changé.

Raven crut deviner dans son regard une lueur presque douloureuse mais, avant qu'elle ait pu s'en assurer, il détourna la tête et observa attentivement les lieux. Comme à son habitude, il paraissait dévorer des yeux ce qui l'entourait.

La curiosité était probablement l'un des principaux traits de personnalité de Brandon et, pour Raven, elle expliquait en grande partie son succès. Car il était doté d'une étonnante faculté d'observation. Son esprit sans cesse en éveil ne perdait jamais une occasion d'engranger de nouvelles expériences intellectuelles ou esthétiques.

Il en nourrissait ses compositions, restituant sous forme de sons toutes les photographies mentales qu'il avait accumulées au fil des ans.

Le temps parut se figer tandis que Brandon absorbait chaque détail de son environnement. Raven ne parvenait pas à détacher ses yeux de lui, stupéfaite de découvrir à quel point sa présence en ces lieux paraissait à la fois parfaitement naturelle et terriblement troublante.

Finalement, il se tourna vers elle et plongea son regard dans le sien. Elle eut alors l'impression qu'une brusque décharge électrique la traversait des pieds à la tête.

— Je me souviens de chaque détail de cette pièce, déclara-t-il de cette voix qui envoûtait des foules entières. Il m'est arrivé de l'évoquer lorsque je n'arrivais pas à te chasser de mes pensées…

Il leva la main vers son visage et effleura sa joue du bout des doigts. Raven dut faire appel à toute sa volonté pour dissimuler le frisson qui la parcourut intérieurement.

— Ne fais pas ça, dit-elle en reculant d'un pas.

— C'est difficile, Raven… Surtout ici. Te souviens-tu des après-midi que nous passions dans cette pièce ?

Une succession d'images traversa l'esprit de la jeune femme. Ils avaient passé des heures à discuter, à jouer de la musique et à faire l'amour dans la salle de musique. Elle avait constitué pour eux une sorte de forteresse, loin des paparazzi trop curieux, des fans qui faisaient le siège de leurs maisons respectives et de leurs propres agents qui étaient bien décidés à exploiter cette manne médiatique.

En fait, cette pièce avait été pour eux un endroit magique où le temps était comme suspendu, où seuls comptaient l'amour et la musique.

Mais cet amour avait été une illusion, se souvint

Raven. Brandon cherchait juste à l'attendrir, à la reprendre au piège de ce regard magnétique, de cette voix magique. Mais, cette fois, elle ne céderait pas aussi facilement.

— C'était il y a longtemps, Brandon, lui dit-elle.

— Ce n'est pas l'impression que j'ai, en cet instant… Tu sembles ne pas avoir changé, Raven.

— J'ai changé, pourtant, objecta-t-elle.

Dans son regard, il vit naître un éclair familier et comprit qu'elle était en colère.

— Si j'avais su que c'était pour cela que tu voulais me revoir, reprit-elle durement, je ne t'aurais jamais laissé entrer. Tout est fini entre nous, Brandon. Depuis très longtemps !

— Vraiment ? murmura-t-il, comme s'il se parlait à lui-même. Je voudrais bien en être certain…

Avant même qu'elle n'ait eu le temps de lui répondre, il s'avança vers elle et la prit par les épaules. Lorsqu'il posa ses lèvres sur les siennes, elle eut brusquement l'impression d'être projetée des années en arrière.

Elle retrouvait le même désir, le même besoin, le même amour… Les sentiments qu'elle avait tout fait pour enfouir au plus profond d'elle-même resurgissaient soudain, peut-être plus impétueux encore pour être restés si longtemps confinés.

Brandon n'eut pas à la forcer pour qu'elle réponde à son baiser. C'était comme si sa bouche avait brusquement pris le contrôle. Elle retrouvait les gestes terriblement familiers, le mélange de force et de douceur qui émanait de Brandon et cette impression de plénitude qu'elle avait cru à jamais disparue.

L'envie qu'elle avait de lui était aussi sauvage que familière, s'imposant à ses sens sans qu'elle puisse rien faire pour la dominer. Lorsqu'il plongea ses mains dans son épaisse chevelure, elle frémit et sentit s'allumer en elle un brasier incandescent.

Sans même qu'elle se rende compte, ses doigts agrippèrent la chemise de Brandon comme si elle avait peur de se noyer dans cette étreinte. L'intensité de sa propre réaction lui fit clairement comprendre combien elle s'était menti à elle-même. Pas un seul des hommes qu'elle avait connus après lui n'était parvenu à éveiller en elle un tel désir.

Pourtant, il n'y avait rien de sauvage dans la façon dont il l'embrassait. Au contraire, ses lèvres et ses mains n'étaient que tendresse. Il faisait preuve d'une assurance tranquille, comme s'il avait toujours su qu'elle n'attendait que ce moment, que, malgré les années de séparation, elle lui avait toujours appartenu.

Raven sentait monter en elle une passion incoercible et elle comprit que, si elle se laissait aller, elle ne répondrait plus de ses gestes. Brandon et elle feraient l'amour et elle le regretterait amèrement. Car, une fois de plus, il finirait par se lasser d'elle et par partir.

Or elle n'était pas sûre de pouvoir résister une seconde fois à un tel abandon.

Luttant contre lui et contre elle-même, elle

s'arracha à ses bras et recula, tremblante. Elle dut rassembler toute la force de sa volonté pour ne pas céder au feu dévorant qu'elle lisait dans son regard.

— Je ne suis pas sûr que tout soit vraiment fini, murmura-t-il enfin.

— Tu n'avais pas le droit de faire ça ! s'exclama-t-elle, rendue furieuse par son arrogance. Laisse-moi te dire une chose, Brandon : cette fois, je ne te laisserai pas te servir de moi. Tu m'as fait souffrir autrefois mais je ne suis plus aussi vulnérable aujourd'hui. Et je ne veux plus de toi dans ma vie !

— Je pense que tu te trompes, Raven. Mais ça n'a pas d'importance, pour le moment… Si tu veux, je peux mentir et te dire que je suis désolé de t'avoir embrassée.

— Ce n'est pas la peine. Au fond, je n'en attendais pas moins de toi. C'est ton métier, après tout. Tu passes ta vie à séduire les gens. Alors comment aurais-tu pu résister ?

Brandon tiqua. Il ne s'était pas attendu à la voir faire preuve d'une telle cruauté. Mais, au fond, il ne pouvait s'en prendre qu'à lui-même. Pour se donner une contenance, il s'alluma une cigarette et en tira une profonde bouffée.

— On dirait que tu as changé plus encore que je ne le pensais, dit-il enfin.

— Je ne suis plus une enfant, répondit-elle. Je suis capable de faire la part entre le désir et les sentiments, à présent.

— Si tu le dis…

— Pensais-tu vraiment que je t'avais attendu patiemment pendant toutes ces années ? répliqua-t-elle, furieuse. Que je m'étais préservée dans l'espoir que le grand Brandon Carstairs daignerait un jour poser de nouveau les yeux sur moi ?

Brandon fit la grimace et elle comprit qu'elle avait touché juste.

— Tu es devenue très dure, Raven, observa-t-il.

— Il le faut bien, dans ce métier. Mais je suppose que je te dois des remerciements : après tout, c'est toi qui m'as donné la première leçon !

Il absorba une nouvelle bouffée de fumée et la recracha, suivant des yeux les volutes qui flottaient paresseusement dans la pièce.

— C'est vrai, lui dit-il enfin. Et peut-être en avais-tu besoin…

Il se dirigea alors vers le canapé et s'y assit. A la grande surprise de la jeune femme, il éclata de rire.

— Bon sang, Raven ! Ne me dis pas que tu n'as toujours pas fait réparer ce ressort…

Raven rougit, se rappelant les circonstances dans lesquelles ils avaient abîmé le sofa. Elle n'était pourtant pas prête à lui avouer que c'était justement en souvenir de ce moment qu'elle l'avait laissé en l'état.

— Tu n'as qu'à faire comme moi et t'asseoir à un autre endroit, répondit-elle en haussant les épaules.

Brandon s'exécuta et Raven prit place dans l'un des fauteuils qui lui faisaient face. Ils furent alors rejoints par Julie, qui portait un plateau sur lequel étaient disposées deux tasses et une théière. Elle les posa sur la table basse africaine et quitta la pièce sans dire un mot.

Mais, dans le regard qu'elle adressa à Raven, celle-ci puisa un regain de courage. Elle servit le thé et tendit une tasse à Brandon avant de prendre la sienne.

— Alors ? fit-elle d'un ton plus léger. Qu'est-ce que tu deviens, exactement ?

Visiblement agacé par la décontraction dont elle faisait preuve, Brandon écrasa sa cigarette dans le cendrier que Julie avait pris soin d'apporter.

— J'ai pas mal travaillé…

C'était un véritable euphémisme, songea Raven, qui avait suivi sa carrière de loin. Depuis qu'ils s'étaient séparés, Brandon avait sorti cinq albums et effectué trois tournées mondiales de grande ampleur.

— Tu vis toujours entre Londres et New York ?

— Quand je ne suis pas dans une caravane, répondit-il avec un sourire. Comment le sais-tu ?

— Je me tiens informée, comme tout le monde, répondit Raven en haussant les épaules. Après tout, tu es l'un des musiciens de référence, de nos jours…

— A ce propos, j'ai vu l'émission de télévision à laquelle tu as participé, le mois dernier. Tu étais fantastique. Est-ce que tu as écrit toutes les chansons de ton nouvel album ?

— Toutes sauf deux. C'est Marc qui a composé *Right Now* et *Coming Back Home*. Il est très doué…

— C'est vrai… J'ai cru comprendre que vous étiez très proches, tous les deux.

Raven lui jeta un regard étonné.

— Je feuillette aussi les journaux, lui dit-il avec un sourire.

— Mais moi, je ne lis pas la presse à scandale, répliqua-t-elle en s'efforçant de maîtriser sa colère.

— Est-ce une façon de me dire que cela ne me regarde pas ?

— Tu as toujours été très malin, Brandon.

— Merci. Mais ma question n'est pas si indiscrète que tu sembles le croire. En fait, j'ai besoin de savoir si tu as le moindre engagement affectif ou professionnel durant les trois prochains mois.

Raven fronça les sourcils, se demandant où il voulait en venir. Etait-il assez stupide pour croire qu'elle accepterait de partir en tournée avec lui ?

— Il ne s'agit nullement d'une proposition indécente, reprit Brandon en reposant sa tasse de thé sur le plateau. En fait, je viens d'être chargé de composer la bande originale de *Fantasy* et j'ai besoin d'un partenaire…

Chapitre 3

Raven resta bouche bée. Brandon vit ses yeux s'agrandir tandis qu'elle restait parfaitement immobile, les mains toujours posées sur ses genoux. Pendant quelques instants, elle se contenta de le dévisager en silence.

En réalité, elle était assaillie par une multitude de sentiments contradictoires et essayait vainement de remettre de l'ordre dans ses pensées.

Fantasy…

Ce livre avait conquis l'Amérique tout entière. Le roman était resté en tête des ventes pendant plus de cinquante semaines d'affilée. Les chiffres atteints par l'édition de poche avaient pulvérisé tous les records. Evidemment, Universal avait aacheté les droits pour réaliser une adaptation filmée.

C'était l'auteur du livre lui-même, le désormais célébrissime Carol Mason, qui avait été chargé de rédiger le scénario.

Mais ce qui était le plus important, aux yeux de Raven comme de centaines d'autres musiciens, c'était que l'intégralité de l'action se passait dans le milieu du rock. Nombre de scènes se déroulaient lors de concerts, de répétitions ou de sessions d'enregistrement.

Or le personnage principal était censé être l'un des plus grands musiciens de tous les temps. Ecrire les musiques et les textes de ses chansons consti-tuerait donc un formidable défi. Celui qui en serait chargé n'aurait pas droit à l'erreur.

Raven se souvint des mélodies qui s'étaient formées dans sa tête alors qu'elle lisait le roman. Elle en avait même enregistré certaines. Mais, quoi qu'elle ait pu dire à Wayne, jamais elle n'avait sérieusement envisagé de participer à un projet aussi faramineux.

— Tu as été chargé d'écrire la bande originale de *Fantasy*! articula-t-elle enfin.

Brandon hocha la tête. Dans ses yeux, elle lut un mélange de fierté et d'amusement, comme s'il savait parfaitement ce qu'une telle opportunité pouvait représenter pour la jeune femme.

— Je viens d'apprendre que Lauren Chase avait accepté le rôle de Tessa. Mais j'ignore qui doit incarner Joe…

— Jack Ladd, répondit Brandon.

Raven ne put s'empêcher de sourire, ravie.

— Il sera parfait! s'exclama-t-elle avec enthou-siasme. Je suis vraiment heureuse pour toi. Ils n'auraient pas pu choisir meilleur compositeur.

Brandon comprit qu'elle pensait vraiment ce qu'elle venait de lui dire. Cela ne le surprit nulle-ment, d'ailleurs. Contrairement à la majorité des artistes qu'il connaissait, Raven était capable de reconnaître le talent des autres et de se réjouir de leurs succès.

Elle ne dissimulait jamais ses émotions et était toujours la première à féliciter un ami dont les projets aboutissaient. C'était la raison pour laquelle tous les grands de la musique lui vouaient une telle affection.

— C'est donc pour cela que tu es venu en Californie, reprit-elle. Est-ce que tu as déjà commencé à travailler ?

— Non.

Brandon resta quelques instants silencieux, contemplant pensivement le visage de Raven. Lorsqu'elle souriait de cette façon, elle était plus belle encore que d'habitude et il ne put s'empêcher de sentir s'éveiller de nouveau le désir qu'il avait d'elle.

— Je te l'ai dit, poursuivit-il enfin. Je ne peux pas assumer seul une telle responsabilité. J'ai besoin d'un partenaire. Et c'est toi que j'ai choisie.

Raven secoua la tête, incrédule.

— Tu n'as besoin de personne, protesta-t-elle. Si quelqu'un est capable aujourd'hui d'écrire les morceaux du roi du rock, c'est bien toi...

— Je suis peut-être un bon musicien, Raven, mais je ne suis pas le seul. On ne me pardonnera pas la moindre erreur. Alors il me faut quelqu'un qui m'apporte une perspective différente, une richesse supplémentaire.

— Je ne comprends pas... Pourquoi n'en as-tu

pas parlé à mon agent ? C'est lui qui est chargé d'examiner ce genre de proposition. Tu te souviens d'Henderson, n'est-ce pas ?

— Oui, Raven. Je me souviens de tout ce qui te concerne.

Il perçut la douleur qui passa dans les yeux de la jeune femme et la façon dont elle la réprima presque instantanément.

— Je suis désolé pour le mal que je t'ai fait, murmura-t-il.

Raven haussa les épaules et se resservit un peu de thé.

— Le temps efface toutes les blessures, Brandon, éluda-t-elle. Mais, pour en revenir à mon agent, c'est à lui que tu dois soumettre une telle offre.

— Je l'ai fait, acquiesça-t-il. Mais je lui ai demandé de ne pas t'en parler avant que je ne t'aie rencontrée personnellement.

— Vraiment ? fit-elle, étonnée. Et pourquoi cela ?

— Parce que je savais que, si c'était lui qui te suggérait de travailler avec moi, tu refuserais tout net.

— Et tu avais raison.

— Or Henderson sait tout comme moi que ce serait une décision irréfléchie et regrettable.

— Je suis ravie de me savoir entourée de gens prêts à prendre des décisions en mon nom sans même me consulter ! s'exclama Raven, furieuse contre lui et contre Henderson. Vous avez sans doute pensé que j'étais trop stupide pour faire ce choix moi-même ?

— Pas stupide, objecta calmement Brandon. Mais nous savons tous deux que tu as tendance à laisser tes émotions te dicter ta conduite.

— Fantastique ! Et que comptez-vous m'offrir pour Noël ? Une laisse et un collier ?

— Ne sois pas ridicule…

— Tiens ? Voilà que je suis ridicule, à présent !

Raven se leva brusquement et commença à faire les cent pas dans la pièce comme un fauve en cage. Brandon la suivit des yeux, conscient qu'une chose au moins n'avait pas changé en elle : elle était toujours dotée d'un tempérament aussi explosif. Tout en elle n'était qu'énergie, et c'était justement ce qui l'avait fasciné lorsqu'il l'avait rencontrée.

— Je ne sais pas comment j'ai pu survivre tout ce temps sans tes délicieux compliments, Brandon, pesta-t-elle. Franchement, je ne vois pas pourquoi tu t'encombrerais d'une fille ridicule et incapable de surmonter ses propres émotions !

— Tout simplement parce que tu es l'un des meilleurs compositeurs avec qui j'aie jamais travaillé, répondit-il calmement. Maintenant, tais-toi et laisse-moi parler.

— Mais bien sûr ! railla-t-elle. Si tu me le demandes si gentiment…

Pourtant, elle s'assit sur le tabouret du piano et le fixa en silence. Pour lui laisser le temps de se ressaisir, Brandon sortit une nouvelle cigarette et l'alluma sans la quitter des yeux.

— C'est un projet important, Raven, déclara-t-il. Ne prends pas de décision trop hâtive. Nous avons été très proches, autrefois, et c'est la raison pour laquelle j'ai tenu à te faire cette proposition personnellement. Je ne voulais pas passer par ton agent ou t'en parler au téléphone. Est-ce que tu peux au moins comprendre cela ?

Raven hocha la tête à contrecœur.

— Peut-être, articula-t-elle du bout des lèvres.

— Je te dirais bien que j'avais oublié combien tu pouvais te montrer têtue mais je ne tiens pas à te mettre encore plus en colère.

— Excellente idée ! Mais laisse-moi plutôt te poser une question, Brandon. Pourquoi moi ? Pourquoi pas quelqu'un qui a déjà composé une musique de film ? N'importe qui serait ravi de travailler sur ce projet !

Il ne répondit pas immédiatement à cette question. Au lieu de cela, il quitta le canapé et traversa la pièce pour venir s'asseoir à côté d'elle. Laissant courir ses doigts sur le clavier du piano, il commença à jouer. Les notes firent à Raven l'effet de fantômes flottant dans la pièce.

— Tu te souviens de ça ? lui demanda-t-il.

Raven n'eut pas besoin de répondre. Elle se leva et s'éloigna de l'instrument. Comment aurait-elle pu rester assise à son côté alors qu'il jouait leur chanson, celle qu'ils avaient composée ensemble autrefois, précisément au même endroit ?

C'était la seule véritable chanson qu'ils avaient écrite et enregistrée ensemble, et elle se souvint de la façon dont ils avaient fait l'amour à la fin de cette session improvisée. Jamais elle ne s'était sentie aussi proche de lui qu'à ce moment-là.

Même lorsque Brandon cessa de jouer, il sembla à la jeune femme que la mélodie continuait à retentir en elle, obsédante.

— Qu'est-ce que *Fantasy* a à voir avec *Clouds and Rain* ? demanda-t-elle.

Brandon comprit qu'il avait touché une corde sensible. Il l'entendait au ton de sa voix, le lisait dans ses yeux. L'espace d'un instant, il se sentit coupable d'avoir eu recours à un tel artifice pour la faire réagir.

— Ces deux minutes et quarante-trois secondes nous ont valu un Grammy Award et un disque d'or, lui rappela-t-il. Nous avons fait de l'excellent travail, tous les deux.

— Une fois, objecta-t-elle. Une seule fois…

— Et alors ? Qu'est-ce qui nous empêche de recommencer ?

Il se leva et s'approcha d'elle, sans faire mine de la toucher, cette fois.

— Raven, tu sais très bien quel coup de pouce cette bande originale pourrait donner à ta carrière. Quant à moi, je suis convaincu que tu as beaucoup à apporter à ce projet. *Fantasy* a besoin de ta sensibilité et de ton talent.

La jeune femme garda le silence. Jamais elle n'avait eu une chance pareille. Jamais elle n'avait imaginé qu'on la lui apporterait sur un plateau d'argent, comme Brandon venait de le faire.

Mais comment pouvait-elle accepter de travailler avec lui ? Serait-elle capable de gérer ses émotions lorsqu'ils seraient perpétuellement côte à côte ? Ne deviendrait-elle pas complètement folle ? Et, si tel était le cas, l'expérience en valait-elle le coup ?

Brandon la regardait attentivement. Il la vit mordre sa lèvre inférieure, geste qui chez elle trahissait une évidente incertitude. Il comprit alors qu'il avait une chance de l'emporter.

— Raven, pense à la musique…

— C'est ce que je fais. Mais je pense aussi à nous. Je ne suis pas certaine qu'une telle situation serait très… saine.

— Je ne peux pas te promettre de ne pas essayer de te toucher, répondit Brandon. Mais je peux te promettre que, si tu me repousses, je n'insisterai pas. Est-ce suffisant ?

Raven n'était pas certaine de connaître la réponse à cette question.

— Si j'acceptais, quand commencerions-nous ? demanda-t-elle pour faire diversion. Je te rappelle que je dois bientôt partir en tournée…

— Dans quinze jours, je sais. Elle durera quatre

semaines, ce qui signifie que nous pourrions nous mettre au travail durant la première semaine de mai.

— Je vois, dit Raven en passant nerveusement la main dans ses cheveux.

Plus le projet se concrétisait dans son esprit et moins elle savait quelle position adopter.

— Apparemment, tu as étudié attentivement mon emploi du temps.

— Tu sais que je ne prends rien à la légère lorsqu'il s'agit de mon travail.

— C'est vrai... Mais, dis-moi, où voudrais-tu que nous travaillions si j'acceptais ? Pas ici, j'espère. Il n'en est pas question !

— Ne t'en fais pas, je savais que tu refuserais. J'ai l'endroit idéal. Dans les Cornouailles.

— Les Cornouailles ? répéta la jeune femme. Pourquoi là-bas ?

— Parce que c'est un endroit calme et isolé. Personne ne sait que j'y ai une maison, surtout pas la presse. S'ils apprenaient que nous collaborons, les paparazzi ne manqueraient pas d'en faire leurs choux gras. Surtout s'il s'agit de *Fantasy*... J'imagine déjà les allusions stupides.

— Tu as raison. Mais pourquoi ne pas louer discrètement une villa dans la région.

— Parce que la discrétion n'est pas une spécialité californienne. Et parce que je ne suis pas sûr que nous trouverions une acoustique comparable à celle que j'ai dans les Cornouailles. De plus, là-bas, j'ai déjà installé tout le matériel d'enregistrement nécessaire.

Raven hésita, incapable de se décider. Elle savait à présent que Brandon conservait sur elle un incontestable ascendant et elle n'était pas certaine de pouvoir y résister s'ils se retrouvaient isolés au beau milieu de la campagne anglaise. Mieux valait prendre quelques jours de réflexion avant de lui répondre…

— Raven ?

La jeune femme se tourna vers Julie, qui se tenait dans l'encadrement de la porte.

— Oui ?

— Il y a un appel pour toi.

— Est-ce que cela ne peut pas attendre ? demanda Raven.

— C'est au sujet de qui tu sais…

Brandon vit Raven se raidir brusquement, et une expression étrange passa dans ses yeux tandis que son visage paraissait se vider de son sang.

— Je vois, articula-t-elle d'un ton parfaitement neutre où il devinait pourtant une terrible tension.

— Que se passe-t-il ? demanda-t-il en posant doucement sa main sur l'épaule de la jeune femme.

— Rien, dit-elle en s'écartant de lui.

Toute chaleur avait disparu de sa voix et elle semblait brusquement se trouver à des kilomètres de lui.

— Reprends un thé, ajouta-t-elle avec un sourire contraint. Je reviens dans un instant.

En réalité, elle disparut pendant plus de dix minutes et Brandon se mit à faire nerveusement les cent pas dans la salle de musique. Visiblement, Raven n'était plus la jeune fille naïve et influençable qu'il avait connue cinq ans auparavant.

Il n'était pas du tout certain qu'elle finirait par accepter de travailler avec lui. Pourtant, le fait de la revoir avait encore renforcé sa conviction : il voulait plus que jamais la reconquérir. En l'embrassant, il avait ranimé bien plus que de vieux souvenirs…

Elle le fascinait autant qu'autrefois. Il y avait en elle une part d'ombre et de mystère, comme si elle conservait au plus profond d'elle-même une secrète richesse. Cinq ans auparavant, il n'avait pas eu la patience et la maturité d'attendre qu'elle la partage avec lui. Mais il n'avait jamais pu l'oublier…

Il était plus âgé, à présent, et il ne comptait pas répéter les erreurs qu'il avait commises autrefois. Surtout, il savait précisément ce qu'il voulait et était bien décidé à l'obtenir.

S'asseyant de nouveau au piano, il se remit à jouer la chanson qu'il avait écrite avec Raven. Il se rappelait parfaitement les inflexions de sa voix tandis qu'elle la lui chantait à l'oreille. C'était comme une litanie de velours qui l'obsédait depuis cinq ans.

Comme il atteignait le dernier couplet, il sentit sa présence derrière lui. Se retournant, il vit qu'elle se tenait sur le pas de la porte. Ses yeux lui parurent bien plus foncés que d'ordinaire jusqu'à ce qu'il se rende compte que c'était parce que son visage était d'une pâleur de cire.

Etait-ce la chanson qui produisait sur elle un tel effet ? Ou était-ce à cause de ce mystérieux coup de téléphone ? Dans le doute, il arrêta de jouer et se leva pour venir à sa rencontre.

— Raven…

— J'ai décidé de le faire, l'interrompit-elle.

— Bien, acquiesça-t-il, surpris.

Il prit ses mains dans les siennes et constata qu'elles étaient glacées.

— Est-ce que ça va ?

— Oui, bien sûr, fit-elle en se reculant. Je suppose qu'Henderson me donnera tous les détails…

Le calme étrange dont elle faisait preuve inquiéta Brandon plus encore que le choc qu'il avait lu dans ses yeux. Il avait brusquement l'impression qu'une partie d'elle était morte.

— Accepterais-tu de dîner avec moi, Raven ? demanda-t-il d'une voix pressante. Je t'emmènerai au Bistro. Tu as toujours adoré ce restaurant…

— Pas ce soir, Brandon… J'ai des choses à faire.

— Demain, alors, insista-t-il.

Il savait qu'il n'aurait probablement pas dû pousser sa chance de cette façon mais était incapable de s'en empêcher. Quelque chose de grave venait de se produire et il voulait s'assurer que la jeune femme allait bien.

— Très bien, soupira-t-elle. Demain…

Elle lui décocha un sourire où perçait une immense lassitude.

— Je suis désolée, Brandon, mais il va falloir que tu partes. Je ne m'étais pas rendu compte qu'il était si tard.

— D'accord, répondit-il.

Se penchant vers elle, il effleura ses lèvres d'un baiser. C'était un geste purement instinctif. Il avait agi sans même réfléchir, mû par le besoin de protéger Raven.

— Je passerai te chercher vers 19 heures demain soir… Je suis descendu au Bel-Air. Tu n'auras qu'à m'appeler si tu as le moindre problème.

Raven hocha la tête et le suivit des yeux tandis qu'il quittait la pièce. Lorsqu'il referma la porte derrière lui, elle laissa enfin l'émotion qui l'habitait la submerger et alla s'asseoir sur le canapé. Une migraine insupportable lui taraudait les tempes et la nuque.

Quelques instants plus tard, elle sentit la main de Julie se poser doucement sur son épaule.

— Alors ? Ils l'ont retrouvée ? demanda-t-elle d'un ton compatissant.

Elle commença à masser délicatement la nuque de son amie.

— Oui, répondit Raven en sentant les larmes couler silencieusement le long de ses joues. Elle est rentrée…

Chapitre 4

Le sanatorium était un endroit calme et confortable. Le décorateur avait pris soin de créer une ambiance chaleureuse qui tranchait avec l'atmosphère froide et fonctionnelle qui caractérisait d'ordinaire ce genre d'établissements.

En fait, on aurait pu se croire dans l'un de ces hôtels de luxe qui abondaient en Californie. La vue magnifique sur la côte et les canyons environnants renforçait cette illusion. Mais, tout en étant consciente de ses mérites, Raven détestait cet endroit.

Elle haïssait le calme feutré qui y régnait, les conversations à mi-voix des infirmières dans les couloirs et les badges discrets accrochés sur leurs vêtements — les blouses étaient strictement interdites. A ses yeux, tout cela n'était qu'un écran de fumée qui tentait vainement d'atténuer la triste réalité : Fieldmore était l'une des meilleures cliniques du pays spécialisée dans la désintoxication des drogués et des alcooliques.

C'était là que Raven avait amené sa mère, cinq ans auparavant. Comment aurait-elle pu imaginer alors qu'elle s'y trouverait encore après tout ce temps ?

Patiemment, la jeune femme attendait dans le bureau de Justin Karter, le directeur du sanatorium. Elle contempla les magnifiques plantes vertes qui décoraient la pièce et se demanda comment il parvenait à les maintenir en si bon état.

Chaque fois qu'elle avait essayé de s'occuper d'un ficus ou d'un yucca, celui-ci avait lentement dépéri jusqu'à ce qu'elle se résigne à s'en débarrasser.

La jeune femme frissonna. Curieusement, elle avait toujours froid lorsqu'elle venait ici. Dès qu'elle franchissait les doubles portes de l'entrée, elle avait l'impression que la température chutait de plusieurs degrés. Bien sûr, elle savait que c'était une réaction purement psychologique. Mais cela n'y changeait rien.

Pour se réchauffer, elle quitta son siège et se mit à aller et venir nerveusement dans la pièce. Lorsque la porte s'ouvrit enfin, elle s'immobilisa brusquement et, le cœur battant, elle se tourna vers l'homme qui venait d'entrer.

Karter était un homme jeune et de petite taille qui portait la barbe, sans doute pour essayer de paraître un peu plus âgé qu'il ne l'était. Ses joues roses et ses yeux bleus brillants trahissaient une excellente santé. Ses taches de rousseur et ses lunettes rondes lui conféraient une apparence amicale.

En d'autres circonstances, Raven l'aurait probablement trouvé très sympathique. Malheureusement, à ses yeux, il était irrémédiablement associé à la partie la plus sombre de son existence.

— Mademoiselle Williams, fit-il en lui tendant la main.

Il serra brièvement celle de la jeune femme et constata sans surprise qu'elle était glacée. Chaque fois qu'il la voyait, il s'étonnait de son apparence fragile. La robe sombre qu'elle portait accentuait sa pâleur et les cernes qui se dessinaient sous ses yeux.

Elle paraissait bien différente de la rock-star charismatique qu'il avait vue à la télévision, quelques semaines auparavant.

— Bonjour, docteur Karter.

Comme d'habitude, il ne put manquer d'admirer sa voix grave et profonde. Il avait toujours du mal à l'associer à ce visage délicat. Le contraste avait été plus marqué encore lorsqu'il l'avait rencontrée pour la première fois, cinq ans auparavant.

Depuis, il avait suivi attentivement sa carrière et adorait sa musique. Pourtant, il n'avait jamais osé lui demander de dédicacer l'un des albums qu'il avait achetés. Il savait instinctivement que cela les embarrasserait tous deux.

— Je vous en prie, mademoiselle, asseyez-vous. Puis-je vous offrir un café ?

— Non, merci, répondit-elle d'une voix mal assurée.

Elle se sentait toujours aussi nerveuse et intimidée lorsqu'elle lui parlait.

— J'aimerais voir ma mère...

— Je dois d'abord discuter de certaines choses avec vous…

— Dès que je l'aurai vue.

Karter soupira, résigné.

— Très bien, fit-il en s'écartant pour la laisser franchir la porte.

Ils remontèrent le couloir en direction des ascenseurs.

— Mademoiselle Williams, reprit-il.

Il aurait bien voulu l'appeler Raven. Après tout, c'était sous ce nom qu'il pensait toujours à elle, comme des dizaines de milliers de gens de par le monde. Mais il n'avait jamais osé se départir du masque de professionnalisme qu'il portait à chacune de leurs rencontres.

Il était l'un des seuls à connaître le secret qu'elle conservait si précieusement, et elle lui faisait confiance. Mais, inconsciemment, elle lui en voulait parce qu'étant dans la confidence il avait prise sur elle.

L'ambiguïté de cette relation l'attristait mais il savait qu'il était trop tard pour espérer transformer leurs rapports.

— Oui, docteur ? dit-elle, le rappelant brusquement au moment présent.

Raven s'était exprimée du ton détaché qu'elle adoptait le plus souvent lorsqu'elle s'adressait à Karter.

— Votre mère avait fait de gros progrès lors de son dernier séjour parmi nous, dit-il gravement, mais elle est partie prématurément, comme vous le savez. Et, au cours des trois derniers mois, sa situation s'est dégradée…

— Il est inutile de chercher à me ménager, répondit Raven. Je sais où on l'a trouvée et dans quel état. Et je sais aussi que vous allez la sevrer et la remettre sur pied.

Les portes de l'ascenseur s'ouvrirent et ils débouchèrent dans le couloir du troisième étage. Raven frissonna en imaginant les destins brisés qui se dissimulaient derrière chacune de ces portes…

Lorsque Raven se gara devant la villa, elle se sentait brisée. Elle n'aspirait plus à présent qu'à dormir et à tenter d'oublier. Sa migraine avait reflué, se muant en une souffrance sourde, une sorte de vertige qui l'empêchait de penser clairement.

Se forçant à quitter sa voiture, elle monta les marches qui conduisaient à la porte d'entrée et pénétra dans le grand hall. Lorsque le battant se referma derrière elle, elle s'y appuya et ferma les yeux, tentant de reprendre des forces.

— Raven ?

La jeune femme rouvrit les paupières et aperçut Julie, qui traversait le couloir pour la rejoindre. Lorsqu'elle fut auprès d'elle, elle passa un bras autour de ses épaules.

— J'aurais dû venir avec toi, dit-elle. Comment ai-je pu te laisser y aller seule ?

Doucement, elle guida Raven vers l'escalier.

— C'est ma mère, répondit celle-ci d'une voix mal assurée. C'est mon problème.

— Ce n'est pas vrai, protesta Julie en l'escortant jusqu'à sa chambre. Je suis ton amie. Tu sais que tu peux compter sur moi. Est-ce que tu as mangé, au moins ?

Raven secoua la tête et ôta ses chaussures.

— Je dois dîner avec Brandon, dit-elle.

— Je vais l'appeler et lui dire que tu es prise. Je t'apporterai un bon repas chaud dans quelque temps. En attendant, tâche de dormir.

— Non ! s'écria Raven. Il faut que j'y aille. Il est inutile de fuir éternellement. De toute façon, j'ai le temps de me reposer. Il ne doit venir qu'à 19 heures.

Julie parut sur le point de protester puis soupira et hocha la tête. Le temps qu'elle aille tirer les rideaux de la chambre, Raven s'était endormie.

Comme à son habitude, Brandon se montra parfaitement ponctuel. Il était tout juste 19 heures lorsqu'il sonna à la porte de la villa. Julie alla lui ouvrir et ne put s'empêcher d'admirer le mélange de décontraction et de virilité naturelle qui émanait de lui.

Conforme à son image de rocker, il portait un pantalon de cuir et une chemise noire. Mais la veste assortie avait dû être taillée sur mesure et tombait à la perfection. Ses Doc Martens étaient impeccablement cirées. Le bouquet de violettes qu'il tenait à la main contrastait bizarrement avec sa tenue. Mais c'étaient les fleurs préférées de Raven et il ne l'avait pas oublié…

Avisant la robe de soirée que portait la jeune femme, il leva un sourcil approbateur.

— Tu es superbe, déclara-t-il en lui tendant l'une des fleurs du bouquet. Tu sors, ce soir ?

— Oui, répondit-elle sobrement en acceptant la violette. Raven ne devrait pas tarder à descendre. Brandon…

Elle hésita puis secoua la tête et s'effaça pour le laisser entrer. Il la suivit jusqu'à la salle de musique.

— Je peux te servir un verre. Un bourbon, comme autrefois ?

— Ce n'est pas ce que tu t'apprêtais à dire, remarqua-t-il.

— Non.

Julie prit une profonde inspiration avant de poursuivre en le regardant droit dans les yeux.

— Tu sais combien je suis attachée à Raven, lui dit-elle enfin. Il n'y a pas beaucoup de gens comme elle. Surtout dans cette ville… Mais elle est très vulnérable. Bien qu'elle tente désespérément de se convaincre du contraire, elle n'a pas la même carapace que nous. Et je ne veux pas qu'elle souffre. Particulièrement en ce moment.

Brandon fit mine de parler mais elle lui intima le silence d'un geste de la main.

— Inutile de me poser des questions, je n'y répondrai pas. C'est l'histoire de Raven et non la mienne et elle te la racontera si elle s'y sent prête. Mais je te préviens : il te faudra beaucoup de patience et de douceur si tu espères la reconquérir. J'espère que tu en es conscient.

— Je le suis, Julie. Mais j'ignore ce que tu sais de ce qui s'est passé exactement entre nous, il y a cinq ans.

— Je sais ce que Raven m'en a dit.

— Un jour, demande-moi ce que j'ai ressenti à l'époque et pourquoi je suis parti.

— Me le dirais-tu vraiment ?

— Oui, répondit-il sans hésiter. Je le ferais.

— Je suis désolée ! s'exclama alors Raven en pénétrant dans la pièce. Je n'ai pas l'habitude d'être en retard.

Brandon la contempla, admiratif. Elle portait une robe blanche qui laissait deviner sa silhouette mince et élancée.

— Je ne trouvais plus mes chaussures, expliqua-t-elle.

Elle sourit, gênée, et Brandon ne put s'empêcher de remarquer la bonne humeur un peu forcée qui perçait dans sa voix. Il comprit qu'en réalité, sous cette légèreté affectée, elle éprouvait une profonde détresse.

— Tu es rayonnante, lui dit-il en lui tendant son bouquet. Et ne t'en fais surtout pas, cela ne me dérange pas d'attendre quand le résultat en vaut la peine.

— J'avais oublié à quel point les Irlandais étaient

beaux parleurs, répliqua-t-elle avant de porter les fleurs à ses narines pour sentir cette odeur si caractéristique qu'elle aimait tant. J'espère que tu comptes me gâter, ce soir, Brandon. Je suis d'humeur à me faire chouchouter...

— Très bien. Où veux-tu aller ?

— N'importe où, je te fais confiance. Mais commençons par un bon dîner.

— Très bien. Je pourrais t'offrir un cheeseburger...

— Je vois que certaines choses n'ont pas changé, à commencer par ton déplorable sens de l'humour, dit Raven avant de se tourner vers Julie. Je t'assure que tout ira bien, ajouta-t-elle avant de l'embrasser. Et je te promets de ne pas perdre mes clés, cette fois. Dis bonjour de ma part à... Qui est-ce, ce soir, déjà ?

— Lorenzo, le baron de la chaussure.

— Ah oui, c'est vrai...

Brandon et Raven se dirigèrent vers la porte d'entrée et Julie les suivit des yeux d'un air pensif.

— C'est incroyable, reprit Raven lorsqu'ils furent sur le perron. Chaque fois qu'elle croise un milliardaire, il tombe fou amoureux d'elle ! Je ne sais pas comment elle fait... Ce doit être une sorte de don !

— Un baron de la chaussure ? répéta Brandon en lui ouvrant la portière.

— Oui, italien. Il porte de superbes costumes trois-pièces et il est vraiment très beau.

Brandon contourna la voiture pour aller s'installer au volant.

— Et c'est sérieux ? demanda-t-il, curieux.

— Pas plus que son aventure avec le roi du pétrole ou le magnat des parfums de luxe, je suppose. Alors, Brandon ? Où comptes-tu m'emmener ? Je te préviens, je suis affamée !

Une fois de plus, Brandon trouva un peu excessives ces démonstrations enthousiastes. Il avait beaucoup de mal à reconnaître la femme avec laquelle il avait discuté, la veille. Finalement, il ne put retenir la question qui lui brûlait les lèvres.

— Vas-tu me dire ce qui s'est passé ? demanda-t-il gravement.

Raven tiqua. Brandon avait toujours eu le don de lire en elle. C'était sans doute ce sens aigu de la psychologie qui faisait de lui un parolier si talentueux.

— Pas de questions, lui répondit-elle en lui adressant un regard suppliant. Pas maintenant...

Il parut hésiter puis hocha la tête. Prenant la main de la jeune femme, il la serra affectueusement dans la sienne comme pour lui assurer que tout irait bien désormais. Raven lui sourit, pleine de reconnaissance.

— Tu as toujours su me remonter le moral, déclara-t-elle.

Elle se souvint alors des bonnes résolutions qu'elle avait prises le jour précédent et retira doucement sa main.

— Jusqu'au jour où tu l'as réduit en miettes…, ajouta-t-elle avec une pointe de tristesse.

Brandon ne répondit pas mais elle le vit serrer les dents et comprit qu'elle avait touché juste. Curieusement, cela ne lui apporta aucun réconfort.

Le restaurant qu'avait choisi Brandon était un endroit calme et discret. Il avait réservé la salle entière pour que tous deux puissent manger en paix sans être importunés par des hordes de fans ou de journalistes. Du coup, ils bénéficiaient de l'attention exclusive de plusieurs serveurs et du chef cuisinier.

A mesure que la soirée avançait, le sourire de Raven se fit moins artificiel et sa bonne humeur moins forcée. Le désespoir qu'il avait lu dans ses yeux reflua pour laisser place à une tristesse plus douce et plus diffuse. Bien qu'il ait remarqué cette transformation, Brandon s'abstint sagement de tout commentaire à ce sujet.

Ils discutèrent quelque temps des sujets les plus anodins, comme s'ils avaient peur tous deux d'aborder ce qui leur tenait réellement à cœur. Ils parlèrent de leurs amis communs, des musiciens avec lesquels ils avaient joué et de leurs tournées respectives.

Lorsque leurs plats furent servis, Raven attaqua le sien avec appétit.

— J'ai l'impression de ne rien avoir mangé

depuis une semaine, dit-elle entre deux bouchées de délicieux rosbif.

— Tu veux un peu du mien ? suggéra-t-il, amusé.

— Non, merci. J'ai vu le plateau de pâtisseries qu'ils ont et je suis bien décidée à garder un peu de place pour le dessert.

— Si tu continues comme ça, tu ne rentreras jamais dans tes tenues de scène, déclara Brandon en souriant.

Depuis qu'elle lui avait parlé de celles que Wayne avait créées pour elle, il ne cessait de se demander à quoi elle pourrait bien ressembler, vêtue de cette fameuse combinaison de cuir noir.

— Ne t'en fais pas pour moi ! Je perds toujours du poids lorsque je suis en tournée. Tu sais ce que c'est…

— Oh, oui ! Henderson m'a dit que tu traverserais tous les Etats-Unis d'ouest en est et que tu avais quasiment un spectacle par soir.

— C'est exact.

— Si tu veux, nous pourrons nous retrouver à New York lorsque tu auras terminé et prendre ensemble un vol pour l'Angleterre.

— C'est parfait. Mais tu ferais mieux de discuter des détails avec Julie. Je n'ai aucune mémoire pour les dates et les lieux. Comptes-tu rester en Amérique jusqu'à la fin de ma tournée ?

— Oui. Je dois aller passer quelques semaines à Las Vegas. Cela fait un moment que je n'ai pas joué là-bas et je me demande si ça a beaucoup changé…

— Las Vegas est immuable. Je crois que rien n'a vraiment changé depuis l'époque où Sinatra y chantait. J'y suis passée, il y a six mois, pour un concert acoustique. Julie a remporté une somme astronomique au black jack…

— J'ai lu les critiques, confia Brandon. Il paraît que tu étais extraordinaire. C'est vrai ?

— Plus encore qu'ils ne l'ont dit, répondit-elle en riant.

— J'aurais bien aimé aller te voir. Cela fait si longtemps que je ne t'ai pas entendue chanter.

— Qu'est-ce que tu racontes ? Tu m'as entendue, l'autre jour, au studio !

— C'est vrai. Et à la radio, aussi… Mais ce n'est pas la même chose. En concert, tu dégages toujours quelque chose de plus, une sorte de magie communicative. Bien sûr, le mieux, c'était lorsque tu chantais juste pour moi…

La voix de Brandon était aussi douce que le velours. Elle éveillait au fond du cœur de Raven de nostalgiques échos et elle comprit que, si elle ne réagissait pas, elle finirait par s'y abandonner sans espoir de retour.

— Sais-tu ce que je veux vraiment, pour l'instant ? lui demanda-t-elle.

Elle avait parlé d'un ton ouvertement séducteur mais Brandon lut l'éclat amusé qui brillait dans ses yeux.

— Un dessert ? suggéra-t-il.

— Tu me connais si bien ! s'exclama-t-elle joyeusement.

Brandon comprit alors que les choses seraient bien plus difficiles encore qu'il ne l'avait imaginé.

Lorsqu'ils quittèrent le restaurant, Raven déclara qu'elle avait envie d'aller écouter de la musique. D'un commun accord, ils décidèrent d'éviter les boîtes de nuit et les bars à la mode. Ils ne tenaient pas à être remarqués par d'autres artistes ou par les chroniqueurs mondains qui fréquentaient ce genre d'endroits.

Ils choisirent donc un bar enfumé dans lequel jouait un groupe de seconde zone qui, s'il ne brillait pas par l'originalité de ses compositions, faisait preuve d'une belle énergie. Ils s'assirent à une table située un peu à l'écart, soulagés de ne pas avoir été reconnus, et se remirent à discuter de choses et d'autres, rattrapant le temps perdu.

Malheureusement, il s'avéra rapidement que leur présence en ces lieux n'était pas passée aussi inaperçue qu'ils l'auraient souhaité. Alors que Brandon venait de commander sa seconde bière, une jeune femme aux longs cheveux blonds arborant un T-shirt du groupe Linkin Park s'approcha timidement d'eux.

— Excusez-moi, dit-elle en les contemplant avec une évidente fascination, ne seriez-vous pas Brandon Carstairs et Raven Williams ?

— Désolé, ma p'tite dame, répondit Brandon en contrefaisant un accent texan à couper au couteau. Mon nom, c'est Bob Muldoon. Et voici ma femme, Sheila.

La blonde éclata de rire, absolument pas dupe de ce piètre stratagème.

— Oh, Brandon ! s'exclama-t-elle. Soyez chic…

Elle lui tendit une serviette en papier et un feutre noir.

— Je m'appelle Debbie, précisa-t-elle. Pourriez-vous me signer une dédicace ?

— Bien sûr, répondit Brandon en lui décochant l'un de ses plus charmants sourires.

Il gribouilla quelques mots et signa.

— Et vous aussi, Raven, demanda Debbie. De l'autre côté…

Raven s'exécuta, notant du coin de l'œil l'adoration qui se lisait dans le regard de la jeune fille tandis qu'elle fixait Brandon. Cela n'avait rien de très surprenant, songea-t-elle. N'était-il pas le nouveau roi couronné du rock ? Le digne successeur de Jagger, de Morrison et de Cobain ? Quelle adolescente n'avait pas au moins un poster de lui dans sa chambre à coucher ?

— Tiens, Debbie, lui dit-elle en lui tendant la serviette dédicacée.

— Merci, murmura Debbie, qui paraissait brusquement très embarrassée, comme si elle s'étonnait de l'audace avec laquelle elle avait abordé cette légende vivante. Merci beaucoup…

— Il n'y a pas de quoi, répondit cordialement Brandon.

Après une ultime hésitation, Debbie leur sourit et s'éloigna en direction d'un petit groupe d'adolescentes installées autour d'une table, de l'autre côté de la salle.

— Mince, murmura Brandon. Je crois bien que nous sommes grillés ! Quand elle va montrer ça à ses amies, ça va être l'émeute… Sortons d'ici en vitesse !

Il prit la main de Raven et fit mine de l'entraîner vers la porte. Malheureusement, ils ne furent pas assez rapides et se retrouvèrent bientôt cernés de toutes parts par des fans bien décidés eux aussi à obtenir un autographe.

Pendant près de quinze minutes, ils durent signer toutes sortes d'objets : des serviettes, des sousbocks, des T-shirts et même le soutien-gorge de l'une des admiratrices de Brandon. Ils affrontèrent également un feu roulant de questions, des plus naïves aux plus embarrassantes.

— Quand sort votre prochain album, Brandon ?

— C'est vrai que vous allez faire une nouvelle tournée, Raven ?

— Est-ce que vous sortez de nouveau ensemble, tous les deux ?

— Est-ce que vous allez vous marier ?

— Brandon, je rêve d'avoir un enfant de toi…

Ils s'efforcèrent de répondre gentiment, expliquant que oui, il y aurait un nouvel album et une nouvelle tournée, que non, ils ne sortaient pas ensemble et ne comptaient donc pas se marier, que Brandon était très flatté par cette proposition mais qu'il n'était pas certain d'être prêt à devenir père...

Tout en affrontant cet interrogatoire en règle, ils opéraient une retraite habile et progressive vers la sortie. L'atmosphère restait assez bon enfant mais Brandon savait par expérience que les choses pouvaient rapidement dégénérer.

Il suffisait d'un fan ayant un peu trop forcé sur la bouteille ou d'une groupie un peu trop hystérique pour que tout bascule. Et il ne tenait pas à ce que cette première soirée en compagnie de Raven ne soit gâchée par un regrettable incident.

Finalement, ils parvinrent à s'extraire de la petite foule qui se pressait autour d'eux et à quitter le bar. Seuls quelques irréductibles les suivirent au-dehors, et Brandon entraîna rapidement la jeune femme jusqu'à sa voiture pour leur échapper.

— Je suis désolé, soupira-t-il lorsqu'il eut démarré et se fut enfoncé dans le flot des véhicules évoluant le long du boulevard. Je n'aurais jamais dû t'emmener dans un endroit public...

Raven secoua la tête en souriant.

— Ce n'est pas ta faute, protesta-t-elle. Je te rappelle que c'est moi qui ai suggéré d'y aller... Et puis ce n'était pas si terrible, après tout.

— C'est vrai. Mais les gens ne sont pas toujours aussi accommodants.

— Tu as raison, reconnut Raven en s'étirant.

Nous avons eu de la chance. Mais, après tout, cela fait partie du jeu. Nos labels dépensent tellement de temps, d'argent et d'énergie pour nous transformer en stars que l'on ne peut en vouloir aux fans lorsqu'ils oublient que nous sommes aussi des gens normaux…

— Voilà une noble pensée. Je me demande si tu serais aussi compréhensive si l'un d'eux avait brusquement décidé de rapportr un petit morceau de Raven Williams à la maison !

Elle éclata de rire avant de constater que Brandon ne plaisantait qu'à moitié.

— Je vois ce que tu veux dire, soupira-t-elle. J'ai vu la vidéo d'un de tes concerts, il y a trois ou quatre ans. C'était à Londres, je crois. La foule avait réussi à briser le cordon de sécurité qui entourait la scène et tu t'étais retrouvé entouré de fans en furie. Cela n'a pas dû être drôle…

— Disons qu'ils m'aimaient tellement que je me suis retrouvé avec plusieurs côtes cassées.

— Mon Dieu ! Je ne savais pas que les choses avaient été jusque-là !

Brandon haussa les épaules.

— Nous avons préféré passer l'incident sous silence. Cela n'aurait pas été très bon pour mon image et celle de mes concerts… Mais je dois dire que, pendant quelque temps, je me suis senti un peu angoissé chaque fois que je devais monter sur scène. J'ai fini par m'en remettre mais nous avons sérieusement renforcé la sécurité sur mes tournées.

— Je suis heureuse qu'une telle chose ne me soit jamais arrivée, déclara Raven.

— Comme tu l'as dit toi-même, cela fait partie du jeu. D'ailleurs, nous avons besoin de cela, non ? De cette montée d'adrénaline chaque fois que nous chantons en public, de sentir les spectateurs basculer, perdre leurs repères… Sinon, pourquoi ferions-nous ce métier ? Pourquoi tant de gens rêveraient-ils de nous imiter ? C'est bien pour cela que tu as commencé à chanter, non ?

— Non, répondit Raven pensivement. Je crois que, dans mon cas, c'était une façon de fuir. La musique a toujours été quelque chose à quoi je pouvais me raccrocher quand la vie me paraissait trop difficile. C'était la seule constante que j'avais. La seule chose que je pouvais vraiment maîtriser… Et toi, pourquoi t'es-tu lancé dans cette carrière ?

— Parce que je pensais naïvement avoir quelque chose à dire et que je voulais trouver un moyen de toucher suffisamment les gens pour qu'ils reçoivent mon message.

— J'aurais dû m'en douter. Je me souviens qu'au début de ta carrière tu adoptais des positions plutôt radicales ! Tes chansons étaient de véritables réquisitoires.

— Il faut croire que j'ai mis de l'eau dans mon vin.

— Je n'en suis pas si sûre, répondit Raven. Je pense que ton parcours n'est pas si différent de celui de Bono… Lorsque U2 a commencé sa carrière, ils ne cessaient de dénoncer les injustices. Aujourd'hui, ils préfèrent prêcher les valeurs qu'ils défendent. Et c'est exactement ce que tu fais. A mon avis, c'est un signe de maturité.

— Merci.

— Remarque, j'ai entendu *Fire Hot*, le single de ton dernier album... On ne peut pas dire que tu sois complètement assagi.

— C'est parce que je ne veux pas perdre la main.

— Apparemment, ça marche. La chanson est restée dix semaines en tête du box-office !

— C'est vrai. Elle a même pris la place de l'une des tiennes, si mes souvenirs sont bons... Une ballade avec de très beaux arrangements. Même s'il y avait un peu trop de cordes à mon goût.

— Ne dis pas de mal de mes ballades ! protesta Raven en lui décochant une bourrade dans le bras.

— Tu ne devrais pas me taper dessus quand je conduis, déclara Brandon. Je n'ai pas l'intention de mourir jeune, même si c'est la mode dans notre profession.

— Je te rappelle que cette chanson a remporté un disque de platine !

— Ne t'énerve pas ! J'ai reconnu que les arrangements étaient très beaux. Les paroles étaient très bien aussi. Tout ce que je dis, c'est que ce genre de compositions est un peu trop sentimental pour moi...

— Et moi, je pense que cela fait partie intégrante de l'équilibre d'un album. Toutes les chansons ne peuvent pas être constituées de riffs ravageurs. Il faut des pauses, des moments de calme avant la tempête.

— Tu as raison. Il y a toujours la place pour quelques charmantes bluettes, répondit Brandon, moqueur.

— Qu'est-ce qu'il ne faut pas entendre ! s'exclama Raven, révoltée. Demande à Scorpions ce qu'ils pensent de ce genre de bluettes ! Sans elles, le groupe n'aurait jamais été connu dans le monde entier. Pourtant, tu ne peux pas me dire que leurs albums sont mous et complaisants. C'est du rock à l'état pur ! Pas de la frime comme sur certains albums que je ne citerai pas...

Raven constata avec stupeur que Brandon venait d'immobiliser la voiture contre le trottoir.

— Qu'est-ce que tu fabriques ?

— Je sens que tu vas recommencer à me taper dessus et je préfère éviter un accident. Tu parlais de frime ?

— Ton duel de guitares électriques à la fin de *Fire Hot* : j'appelle ça du racolage !

— Et moi une façon élégante de conclure un morceau, répliqua Brandon sans se laisser décontenancer.

Raven émit un petit ricanement moqueur.

— Disons juste que je n'ai pas besoin de ce genre de gadget pour terminer mes morceaux. Ils sont suffisamment...

— Sentimentaux ? ironisa Brandon.

— Franchement, si tu trouves ma musique si gnangnan, je me demande bien pourquoi tu m'as choisie pour collaborer sur *Fantasy* !

— Parce que ta musique a une âme, Raven, répondit-il plus sérieusement. Parce que j'ai besoin de ta sensibilité pour contrebalancer la dureté de mes arrangements. Nous nous complétons, toi et moi. Nous l'avons toujours fait.

— Je pense que nous allons nous disputer très souvent, dit la jeune femme.

— Tant mieux.

— Et je te préviens : tu ne l'emporteras pas toujours.

— Heureusement ! Il n'y a rien de plus ennuyeux qu'un combat gagné d'avance.

Brandon se tut et contempla la vue qui s'offrait à eux. Ce n'est qu'alors que Raven remarqua qu'il s'était engagé sur Mulholland Drive, la route qui surplombait Los Angeles, leur offrant un magnifique panorama.

— Pourquoi cette ville est-elle toujours plus belle vue de haut, la nuit ? murmura-t-il pensivement.

Raven contempla les lueurs qui scintillaient jusqu'à l'océan.

— Je suppose que c'est parce que c'est le seul endroit et le seul moment où elle paraît si calme…

La jeune femme sentit alors la bouche de Brandon effleurer sa tempe. Sans qu'elle s'en rende compte, il s'était rapproché d'elle et passa un bras autour de ses épaules.

— Brandon, protesta-t-elle faiblement.

— Laisse-moi faire, Raven, susura-t-il contre sa joue.

Comme dans un rêve, elle le vit se pencher vers elle jusqu'à ce que ses lèvres effleurent les siennes. Il la touchait à peine mais son bras lui enserrait toujours les épaules et l'empêchait de se dégager. Elle n'était d'ailleurs pas certaine d'en avoir vraiment envie.

Il inclina alors la tête et entreprit de couvrir son visage de petits baisers : ses joues, tout d'abord, puis son front, ses paupières et ses tempes. Elle savait qu'elle aurait dû le repousser, qu'en le laissant faire elle jouait un jeu dangereux, peut-être suicidaire. Mais elle était incapable de résister à la douceur de ces caresses.

Elle avait l'impression que son corps ne lui appartenait plus, qu'il flottait en apesanteur et se noyait dans un océan de bien-être. Lorsque la bouche de Brandon se posa de nouveau sur la sienne, elle répondit à son baiser.

Il ne chercha pas à la brusquer, prenant tout son temps, éveillant lentement le désir qui se répandait en elle comme une boule de chaleur. Leurs corps se serraient l'un contre l'autre et elle sentait ses seins durcir contre le torse de Brandon alors que tout le reste de son être lui paraissait fondre.

Elle s'abandonna à cette délicieuse sensation, dérivant plus loin encore. Cela faisait si longtemps qu'elle n'avait pas éprouvé une envie aussi puissante, une faim aussi insatiable. Aucun des hommes qu'elle avait connus après Brandon n'avait réussi à la faire réagir de cette façon.

C'était comme s'il savait instinctivement ce dont elle avait besoin. Chacune de ses caresses semblait répondre à ses attentes. Pendant longtemps, elle s'était dit qu'elle avait idéalisé ses baisers mais elle se rendait compte à présent qu'ils dépassaient en intensité le plus brûlant de ses souvenirs.

— Oh, Raven ! murmura-t-il contre son oreille. Je te désire tellement…

Ses mains se firent plus audacieuses, plus urgentes.

— Cela fait si longtemps… Reviens avec moi à mon hôtel, je t'en prie.

Raven sentit ses doigts se poser sur ses seins et, brusquement, elle prit conscience ce qui était sur le point de se passer. Si elle ne mettait pas fin à cette étreinte, elle n'en aurait plus le courage par la suite. Brandon et elle feraient l'amour et elle lui succomberait de nouveau.

Leur liaison durerait peut-être un jour, peut-être un mois, mais il finirait par se lasser d'elle comme il se lassait de toutes ses maîtresses. Une fois de plus, il l'abandonnerait sans un regard en arrière, lui brisant le cœur une seconde fois.

— Non ! s'écria-t-elle.

Son instinct de survie reprit instantanément le contrôle de son corps, qui frissonnait de désir. Elle s'arracha aux bras de Brandon et le repoussa durement. Il ne chercha même pas à résister, se contentant de la regarder d'un air abasourdi.

Dans ses yeux, elle lut un mélange de désir, de frustration et d'incompréhension.

— Pourquoi ? articula-t-il enfin. Je sais que tu en as autant envie que moi…

— Tu te trompes, répliqua-t-elle en le défiant du regard.

— Vraiment ? demanda-t-il d'une voix ironique.

Raven rougit, comprenant que la façon dont elle avait réagi à son baiser ne laissait guère de doute sur la question. Elle lui en voulut de le lui envoyer au visage de cette façon et elle s'en voulut pour la faiblesse dont elle avait fait preuve. Mais il était trop tard pour revenir en arrière, désormais.

— Je ne suis pas un jouet, Brandon, déclara-t-elle d'une voix glaciale. Tu ne peux pas m'abandonner pendant cinq ans et revenir en t'imaginant que je vais sauter dans ton lit juste pour satisfaire ta fantaisie du moment !

Elle le vit pâlir.

— Ce n'est pas ce que tu crois…, protesta-t-il.

— Vraiment ? Ne m'as-tu pas laissée tomber, il y a cinq ans ?

— Si, mais…

— M'as-tu donné la moindre explication ? La moindre raison valable de le faire ?

Il détourna les yeux.

— M'as-tu donné la moindre nouvelle, passé le moindre coup de téléphone ? poursuivit-elle impitoyablement. Non… Tu as continué à collectionner les aventures en vraie star du rock phallocrate. Et voilà que tu reviens à Los Angeles un beau jour pour me proposer du travail. Qu'espérais-tu ? Que je te serais si reconnaissante que je te tomberais dans les bras ?

— Tu n'as pas le droit de dire ça ! protesta rageusement Brandon. Tu as envie de moi autant que j'ai envie de toi ! Et cela n'a aucun rapport avec *Fantasy* ! Tu sais que cette bande originale représente une opportunité extraordinaire. Crois-tu vraiment que je l'aurais gâchée rien que pour une nuit de plaisir ? J'ai fait appel à toi parce que je respecte ton talent de compositrice, parce que je crois que nous pouvons faire un excellent travail ensemble… Et ce qui se passe entre nous sur le plan personnel n'a rien à voir.

Raven resta longuement silencieuse, réfléchissant à ce qu'il venait de lui dire. Elle ne pouvait nier la justesse de son raisonnement et regretta ses accusations hâtives. Mais cela ne changeait rien au fait qu'elle ne pouvait courir le risque de sortir avec Brandon.

— Très bien, soupira-t-elle. Je suis désolée… Je n'aurais pas dû mettre en cause ton intégrité de musicien. Mais je tiens à ce que les choses soient parfaitement claires entre nous : je t'ai dit que je ne voulais pas d'une nouvelle liaison avec toi et je le pensais. Si tu peux l'admettre et te contenter d'une relation de travail, tant mieux. Sinon, je pense que tu ferais mieux de te trouver un autre partenaire.

— Tu es celle qu'il me faut, répondit-il en la regardant droit dans les yeux. Et je ne veux personne d'autre. Nous jouerons donc selon tes règles, Raven. Nous sommes tous deux des professionnels et nous nous conduirons comme tels. En attendant, je te ramène chez toi…

Chapitre 5

Raven détestait arriver en retard à une fête mais, cette fois, elle n'avait guère eu le choix. Son emploi du temps était tellement surchargé qu'elle n'avait presque jamais le temps de souffler.

En fait, si elle n'avait écouté que ses propres envies, elle serait sans doute rentrée chez elle pour se mettre au lit. Mais elle ne pouvait se le permettre. Il s'agissait en effet de la première soirée officielle du film *Fantasy* et tous les artistes qui devaient participer au projet étaient tenus d'y assister.

Raven n'était plus qu'à deux jours du début officiel de sa tournée. Elle avait passé la semaine précédente à répéter avec son groupe, à adapter les chansons de l'album pour la scène et à superviser les derniers réglages du matériel.

Cet après-midi, après une ultime session marathon, elle s'était accordé deux heures de liberté pour aller faire un peu de lèche-vitrines à Beverly Hills. Elle n'avait rien acheté mais ce moment de détente lui avait permis de se vider l'esprit.

Car elle savait que, dès que les concerts commenceraient à s'enchaîner, elle n'aurait plus un seul instant pour souffler. La majeure partie de ses journées serait consacrée à voyager, à répéter, à enchaîner les balances et les prestations scéniques, à participer à des dizaines de soirées pour s'effondrer enfin dans une chambre d'hôtel anonyme et y sombrer dans un sommeil sans rêves.

Elle n'aurait plus l'occasion de penser à sa mère, qui croupissait dans cette maudite clinique, ni à sa collaboration avec Brandon, qui risquait de s'avérer des plus délicates s'il continuait à lui faire des avances.

En revenant de Beverly Hills, Raven avait trouvé un mot de Julie accroché à la porte de sa chambre.

Je te rappelle que tu es censée assister à la soirée de Steve Jarett, ce soir. Il est très important que tu y ailles. Alors enfile tes plus beaux habits et file. Lorenzo et moi sommes allés dîner. Nous te rejoindrons directement là-bas. J.

Une heure plus tard, Raven prit donc la direction de Malibu où se trouvait la villa de Steve Jarett. Le réalisateur était le dernier enfant chéri d'Hollywood. Tout ce qu'il touchait paraissait se changer en or et ses trois derniers films avaient littéralement fait exploser le box-office. Raven espérait qu'il en irait de même pour *Fantasy*.

Tandis qu'elle suivait une route sinueuse qui grimpait à flanc de canyon, la jeune femme sentit une certaine nervosité la gagner à l'idée de devoir affronter les mondanités typiques de ce genre de soirée. Il y aurait sans doute beaucoup de monde et elle devrait se montrer aimable et souriante alors qu'elle n'aspirait qu'à rentrer se coucher.

Cette pensée lui arracha un sourire. Depuis quand était-elle aussi blasée ? Autrefois, elle raffolait de ce genre de fêtes. Après tout, on y rencontrait toutes sortes de gens remarquables qui avaient le plus souvent d'incroyables anecdotes à raconter.

Elle se rendit compte que ce n'était pas tant la soirée proprement dite qui la rendait si nerveuse mais bien l'idée de se trouver de nouveau confrontée à Brandon. Depuis leur dernier rendez-vous, elle avait compris combien il lui serait difficile de gérer l'ambiguïté qui persistait entre eux.

Elle se demanda s'il viendrait seul ou accompagné. Pourquoi se priverait-il de la compagnie d'une belle jeune femme ? se demanda-t-elle avec une pointe d'ironie amère. A moins qu'il ne préfère séduire l'une des invitées. Il ne manquerait certainement pas de starlettes que la simple idée de sortir avec le roi du rock mettraient en émoi...

Raven soupira. Pourquoi cette idée l'agaçait-elle à ce point ? Quel droit avait-elle d'être jalouse d'un homme qui n'était plus son petit ami depuis cinq ans ? Ne lui avait-elle pas fait clairement comprendre qu'il n'avait aucune chance de le redevenir ?

Tout ceci était absurde. Si elle tombait dans ce genre de piège, elle risquait fort de commettre les mêmes erreurs qu'autrefois. En fait, conclut-elle, voir Brandon sortir avec une autre femme serait sans doute une bonne chose. Cela l'aiderait peut-être à tirer un trait sur le passé une bonne fois pour toutes...

Lorsque Raven arriva devant le portail de la maison de Jarett, elle fut arrêtée par un agent de la sécurité qui lui prit son carton d'invitation et vérifia que son nom se trouvait bien sur la liste. Elle remonta alors l'allée qui conduisait à la villa et se gara devant l'entrée.

Un adolescent vint prendre les clés de sa Jaguar. Raven songea qu'il s'agissait probablement d'un aspirant acteur, scénariste ou réalisateur qui devait être aux anges en voyant se succéder autant de célébrités.

— Je suis en retard, lui dit-elle avec un sourire. Croyez-vous que je puisse entrer discrètement ?

— Je ne pense pas, mademoiselle Williams. Pas vêtue comme ça, en tout cas...

Raven regarda la robe noire qu'elle portait. Elle était légèrement décolletée et la jupe était fendue, laissant entrevoir une jambe gainée de soie. Le long de la manche couraient des parements argentés assortis à la boucle de sa ceinture de cuir.

— J'espère que c'est un compliment, remarqua-t-elle malicieusement.

— Oh, oui, mademoiselle ! s'exclama l'adolescent en rougissant jusqu'à la racine des cheveux. Vous êtes vraiment magnifique...

— C'est gentil. Mais, dites-moi, y a-t-il une

entrée secondaire par laquelle je pourrais me glisser l'air de rien ?

— Si vous longez la maison sur la gauche, vous verrez des portes vitrées qui donnent sur la bibliothèque. Elles sont ouvertes et, de là, vous devriez pouvoir rejoindre les autres invités sans vous faire remarquer.

— Merci, fit Raven en glissant au jeune homme un confortable pourboire.

— Merci, Raven ! s'exclama ce dernier avant de se reprendre. Mademoiselle Williams, je veux dire…

Il se dandina d'un pied sur l'autre, paraissant hésiter à lui poser une question.

— Je ne mords pas, dit-elle en riant.

— J'adore votre musique et je ne rate jamais un de vos concerts lorsque vous jouez à Los Angeles… Est-ce que vous pourriez le signer ? demanda-t-il en lui tendant le billet qu'elle venait de lui donner.

— Ce serait dommage. A mon avis, vous feriez mieux de le dépenser. Mais je crois que j'ai mieux…

Elle fouilla dans son sac et en sortit un CD glissé dans une pochette vierge.

— Quel est votre nom ?

— Sam, Sam Rheinhart.

Raven lui dédicaça le disque et le lui tendit.

— Qu'est-ce que c'est ? demanda-t-il, curieux.

— Une avant-première, répondit-elle en souriant. C'est une copie de mon prochain album.

Sam ouvrit de grands yeux et Raven éclata de rire. A le voir, on aurait pu croire qu'il venait d'être foudroyé sur place. Sans attendre de remerciements, elle s'éloigna en direction de la villa, le laissant planté là avec vingt dollars dans une main et un CD inédit dans l'autre. Comme le lui avait prédit son jeune admirateur, les portes-fenêtres étaient entrouvertes et la bibliothèque, déserte.

Raven s'y glissa et gagna la porte qui devait donner sur le couloir. Elle l'entrouvrit et vérifia que la voie était libre. D'un pas parfaitement décontracté, elle se dirigea donc vers la salle de réception d'où provenaient les accords hargneux d'un groupe de hard-rock dont le chanteur était l'un de ses meilleurs amis.

— Raven ! s'exclama quelqu'un derrière elle juste avant qu'elle ne pénètre dans le grand salon.

Raven se retourna et vit Carly Devers venir dans sa direction. C'était une petite blonde à la voix fluette bourrée de talent qui avait remporté l'oscar du meilleur second rôle féminin l'année précédente. Raven et elle se connaissaient et s'appréciaient beaucoup, même si elles évoluaient dans des cercles différents.

— Salut, Carly ! s'exclama-t-elle en l'embrassant affectueusement. Félicitations ! J'ai appris que tu avais décroché le second rôle dans *Fantasy* !

— Merci ! C'est un rôle superbe. Et je suis vraiment ravie de travailler avec Steve. C'est un réalisateur tellement extraordinaire...

Elle détailla Raven des pieds à la tête et sourit.

— Tu es vraiment splendide ! lança-t-elle.

Franchement, je suis heureuse que tu aies choisi le chant plutôt que la comédie !

Toutes deux éclatèrent de rire.

— A ce propos, moi aussi, je dois te féliciter, reprit Carly.

— Merci. J'ai vraiment hâte de commencer à travailler sur la bande originale.

— Je ne parlais pas de la B.O. mais de Brandon, objecta malicieusement Carly.

Le sourire de Raven se figea mais Carly se méprit sur le sens de ce brusque changement d'expression.

— Je suis désolée, dit-elle. Je ne savais pas que c'était un secret. Je te promets de ne le répéter à personne... Mais, si je puis me permettre un conseil, tâche de lui mettre le grappin dessus une bonne fois pour toutes parce que je connais nombre de filles qui se damneraient pour sortir avec lui. Moi-même, je ne dirais pas non s'il me le proposait !

Raven réfléchit rapidement à la situation. Il n'y avait rien d'étonnant à ce que sa collaboration avec Brandon fasse naître de tels bavardages. D'autant qu'ils étaient déjà sortis ensemble par le passé...

Nier ne ferait que renforcer la conviction de ses interlocuteurs. Le mieux était donc de les laisser dire et de prendre les choses à la légère, dans le plus pur style hollywoodien.

— Je croyais que tu sortais avec Dirk Wagner, fit-elle d'un ton malicieux.

— Toi, on peut dire que tu ne te tiens pas à la page ! s'exclama Carly en riant. Nous avons rompu, il y a plus d'un mois ! Mais ne t'en fais pas pour Brandon. Empiéter sur le territoire des autres n'est pas du tout mon genre !

— Empiète autant que tu voudras, répondit Raven en haussant les épaules. Je n'ai pas de chasse gardée en ce moment…

Carly la regarda d'un air dubitatif mais, alors qu'elle s'apprêtait à répondre, un serveur passa devant elle, portant un plateau chargé de flûtes de champagne. L'actrice en prit une tandis que Raven déclinait l'offre.

— J'ai entendu dire que Brandon était un amant merveilleux, reprit Carly lorsqu'elles furent de nouveau seules.

— Je ne pense pas que ce soit un secret d'Etat, lâcha Raven avec une indifférence affectée.

— Ce n'est pas faux…

— A ce propos, est-ce que tu l'as vu, ce soir ?

— Oui… Mais il n'arrête pas de passer d'un groupe à l'autre. Je ne sais pas si c'est pour échapper aux hordes de femmes qui lui courent après ou bien parce qu'il en cherche une en particulier. Ce n'est pas quelqu'un de facile à cerner, n'est-ce pas ?

Raven émit un grognement qui n'engageait à rien et décida de changer de sujet au plus vite.

— Est-ce que tu as aperçu Steve ? Il faut absolument que j'aille le féliciter.

— Viens, je vais te conduire à lui…

Prenant le bras de Raven, Carly la conduisit dans la salle de réception. C'était une pièce immense, même selon les standards en vigueur à Malibu, et elle était pleine à craquer. Toutes sortes de gens se côtoyaient, certains vêtus de leurs plus belles tenues de gala, d'autres d'habits semblant sortir tout droit des entrepôts de l'Armée du Salut.

Le groupe qui jouait était installé sur une petite estrade qui se trouvait sur la terrasse, près de la piscine. Toutes les portes-fenêtres étaient ouvertes, permettant aux invités de circuler librement de l'intérieur à l'extérieur. La pelouse du jardin était illuminée par des spots multicolores.

Le salon lui-même était décoré avec goût. Les murs et le plancher étaient d'un blanc immaculé, mettant en valeur les tableaux et les statuettes qui formaient un dégradé de couleurs. Tous les meubles avaient été dessinés par de célèbres designers contemporains qui ne reculaient devant aucune audace.

Raven repéra rapidement les gens qu'elle connaissait. Elle vit Julie au bras de Lorenzo, le beau milliardaire italien, et Wayne, qui se tenait auprès d'un jeune mannequin qui avait fait la couverture du dernier *Vogue*. La rumeur qui disait qu'il avait été chargé de concevoir les costumes de *Fantasy* devait donc être fondée.

La jeune femme reconnut également nombre de producteurs, de réalisateurs, d'acteurs, de chorégraphes, de peintres, de danseurs et de scénaristes. Il y avait aussi de nombreux représentants de la scène californienne qui la saluèrent de loin.

Carly et elle passèrent de groupe en groupe pour échanger salutations et politesses. Elles reçurent et donnèrent des dizaines de baisers, serrèrent des dizaines de mains et prononcèrent des dizaines de banalités avant que Raven ne parvienne à s'éclipser discrètement en direction du buffet pour aller se servir un verre de jus de pomme.

Elle préférait généralement discuter avec une ou deux personnes que papillonner pendant des heures et fut ravie de se retrouver seule face à son hôte. Ils s'embrassèrent cordialement.

— J'avais peur que tu ne puisses pas venir, déclara Jarett.

Raven ne s'étonna nullement qu'il ait remarqué son absence au milieu de toute cette foule. Il était connu pour ses extraordinaires facultés d'observation. Rien ne lui échappait et il était doté d'une mémoire impressionnante. Ces deux qualités étaient d'ailleurs probablement ce qui faisait de lui un réalisateur aussi talentueux.

Il avait trente-sept ans mais paraissait beaucoup plus jeune. Probablement parce qu'il était de petite taille et de frêle stature. Mais ses yeux démentaient cette apparente fragilité. Ils semblaient brûler d'un feu intérieur, véritables fenêtres sur une âme tourmentée et brillante. Il était considéré comme un perfectionniste exigeant mais nul ne contestait le génie de sa vision créatrice.

Curieusement, c'était un homme très patient. Il pouvait tourner une scène plus de vingt fois si elle ne correspondait pas exactement à ce qu'il avait en tête.

Ce genre d'attitude aurait probablement attiré les foudres des studios pour lesquels il travaillait si les producteurs n'avaient pas été convaincus que chacun de ses films leur rapporterait une véritable fortune et une brassée de récompenses de par le monde.

Cinq ans auparavant, il avait stupéfié Hollywood en réalisant un film à deux millions de dollars alors qu'il aurait aisément pu en lever plus de cent sur son nom uniquement. Steve avait expliqué qu'il voulait travailler sous contrainte et qu'il s'agissait en quelque sorte d'un exercice de style.

Mais le long-métrage était resté plus de dix semaines à l'affiche et avait remporté un oscar. A présent, plus personne ne se serait permis de critiquer ses choix, et l'on murmurait avec envie qu'il avait même obtenu le privilège de décider du montage final sans en référer à ses producteurs.

C'était une pratique courante en Europe mais, aux Etats-Unis, rares étaient les réalisateurs qui pouvaient se prévaloir d'un tel pouvoir.

Lorsqu'il avait accepté de diriger *Fantasy*, c'était lui qui avait insisté pour embaucher Brandon Carstairs. Et, quand ce dernier lui avait suggéré une collaboration avec Raven, il avait été ravi.

— Est-ce que tu as déjà rencontré Lauren ? demanda-t-il à la jeune femme.

— Non. Mais je serais enchantée de faire sa connaissance.

— Il le faut absolument. J'aimerais que tu te familiarises avec son travail avant de commencer à élaborer la musique. Je demanderai à mon assistant de t'envoyer les DVD de tous ses films.

— Je crois que je les ai tous vus mais je les reverrai avec plaisir, répondit Raven. Tu as raison : c'est elle qui sera le personnage clé du film.

— Exactement ! s'exclama Jarett avec enthousiasme. Je suis heureux de constater que nous sommes sur la même longueur d'onde ! Tu connais Jack, je crois ? ajouta-t-il en désignant l'acteur qui venait de les rejoindre.

— Oui. Je suis heureuse qu'il t'ait choisi, Jack ! Je suis certaine que tu seras parfait dans le rôle de Joe.

— Sauf que j'ai encore cinq kilos à perdre, répondit Ladd avec une grimace. Je passe mes journées au gymnase, je ne mange plus que de la salade et je limite ma consommation d'alcool. Ma vie est devenue un véritable enfer !

Raven éclata de rire.

— Je suis sûre que tu oublieras tout ça lorsque tu serreras un petit bonhomme en or dans tes bras, répondit-elle. Mais j'ai appris que ce serait Larry Keaston qui réglerait tes chorégraphies. Je croyais qu'il avait pris sa retraite il y a cinq ans…

— C'est lui que je voulais, dit Jarett avec un sourire presque carnassier. Le studio a fait en sorte qu'il ne puisse pas refuser… Je crois même que j'arriverai à le convaincre de danser dans l'une des scènes du film. Il prétend qu'il est trop vieux pour cela mais je suis sûr qu'il brûle de se retrouver devant les caméras pour un dernier baroud d'honneur !

— Si tu parviens à le persuader, ce sera un véritable tour de force, affirma Raven.

— Tu savais que c'était un de tes plus grands fans ?

La jeune femme ouvrit de grands yeux.

— Keaston ? Il aime ma musique ? Ce n'est pas possible…

— Au contraire. Il m'a même demandé si je pouvais vous présenter l'un à l'autre.

Raven n'en revenait pas. Keaston était considéré comme l'un des plus grands chorégraphes contemporains. Il avait travaillé avec les danseurs les plus remarquables et les musiciens les plus talentueux depuis les années 1970. Il avait réglé des centaines de pièces, de comédies musicales et de films. Et, aujourd'hui, il voulait la rencontrer…

— Ce n'est pas la peine de me le dire deux fois ! s'exclama-t-elle avec enthousiasme.

Jarett sourit et, la prenant par le bras, il l'escorta jusqu'à Keaston, qui était installé sur l'un des fauteuils du salon, entouré d'une véritable cour d'admirateurs.

A partir de ce moment-là, la soirée passa à une vitesse folle. Raven et Keaston parlèrent pendant près d'une heure. La jeune femme découvrit avec étonnement que le chorégraphe avait su rester modeste et simple.

Ils partageaient de nombreux goûts communs en matière de musique et Keaston lui raconta de nombreuses anecdotes sur les idoles de son enfance qu'il avait connues et fréquentées au quotidien.

Raven discuta ensuite avec Jack Ladd, qui avait déjà beaucoup réfléchi au personnage qu'il devait interpréter et n'hésita pas à lui faire part de ses intentions de jeu. Lorsqu'ils se séparèrent enfin, Raven se mit en quête de Lauren Chase. Mais elle aperçut alors Wayne, qui se tenait un peu à l'écart, un verre de vin blanc à la main.

— Alors ? fit-elle. Tu es seul ?

— J'observe l'assistance, répondit-il avec un sourire malicieux. Il est toujours étonnant de constater combien des gens parfaitement intelligents et cultivés peuvent n'avoir aucun goût en matière de vêtements… Regarde Lela Marring, par exemple.

Raven repéra la jolie brunette qui portait une minijupe rose.

— Je ne comprends pas comment on peut porter un tissu aussi laid. Je n'en voudrais pas pour tailler une nappe !

— En l'occurrence, je ne pense pas que ce soit le tissu qui compte, répondit Raven en riant, mais la longueur des jambes…

— Tu n'as peut-être pas tort… Mais le cas de Marshall Peters est inexcusable. Une chemise en satin rouge ! Je ne sais même pas si quelqu'un aurait osé porter ça dans les années 1960 !

— Tout le monde n'a pas ta sensibilité en la matière, Wayne…

— Bien sûr que non, répondit-il en allumant une cigarette. Sans cela, je me retrouverais rapidement au chômage. Mais, de là à bafouer à ce point le bon goût, ça me dépasse !

— En tout cas, je dois dire que ta compagne est très bien habillée, déclara Raven en désignant le mannequin qui discutait avec l'un des présentateurs vedettes de CNN.

Elle portait effectivement une robe magnifique de velours bleu si foncé qu'il semblait presque noir. Un réseau de fils argentés courait sur le tissu, accrochant la lumière environnante.

— En revanche, elle ne doit pas avoir plus de dix-huit ans… Je me demande de quoi vous pouvez bien parler, tous les deux !

— Qui t'a dit que nous parlions ? répliqua Wayne d'un ton provocateur. D'ailleurs, je ne suis pas le seul à avoir un faible pour les physiques avantageux, ajouta-t-il en désignant Julie, qui discutait avec son bel italien.

— Il n'y a pas que le physique, dit Raven. Ce type est milliardaire !

— Nous savons tous les deux que Julie a plus d'argent qu'elle ne peut en dépenser…

Raven remarqua alors une fille qui portait un pantalon en cuir à franges, un chemisier léopard et des lunettes roses en forme de cœur. Jugeant que cela ne manquerait pas d'horrifier Wayne, elle s'apprêtait à la lui désigner lorsqu'elle aperçut Brandon.

Elle se rendit compte qu'il l'observait, probablement depuis quelque temps déjà. Instantanément, un souvenir jaillit dans son esprit. C'était lors d'une fête semblable qu'ils s'étaient rencontrés. Leurs regards s'étaient croisés et ils avaient été incapables de détourner les yeux l'un de l'autre.

C'était la première soirée de Raven à Hollywood et elle s'était rapidement sentie complètement dépassée. Autour d'elle, elle reconnaissait des dizaines de gens qu'elle n'aurait jamais cru approcher en personne. Comme elle avait commis l'erreur de venir seule, elle avait aussitôt été identifiée comme une proie par tous les hommes en chasse.

L'un d'eux, un acteur dont elle ne se rappelait ni le nom ni le visage, avait fini par l'acculer dans un coin. C'est alors qu'elle avait vu Brandon. Il arborait un sourire amusé, comme s'il avait observé la façon dont son compagnon avait abusé de sa naïveté.

Peut-être avait-il lu une pointe de désespoir dans les yeux de Raven car son sourire s'était brusquement envolé. Il s'était frayé un chemin jusqu'à eux. Avec un parfait aplomb, il s'était glissé entre l'acteur et la jeune femme et avait pris celle-ci par les épaules.

— Alors ? Je t'ai manqué ? avait-il demandé avant de déposer un petit baiser sur ses lèvres. Viens, je dois te présenter des gens qui brûlent de te rencontrer ! Désolé, avait-il ajouté à l'intention de l'acteur.

Ce dernier n'avait pas osé protester et Brandon avait entraîné Raven sur la terrasse. Elle se rappelait encore l'odeur d'oranger qui flottait dans l'air et le reflet de la lune sur le marbre blanc du balcon.

Evidemment, elle avait aussitôt reconnu Brandon dont elle admirait le travail. C'est donc avec beaucoup de nervosité qu'elle l'avait remercié pour ce sauvetage inattendu.

— Il n'y a pas de quoi, avait-il répondu avant de la contempler pensivement comme il l'avait fait si souvent par la suite. Vous n'êtes pas exactement comme je m'y attendais, avait-il conclu.

— Vraiment ? avait murmuré Raven, se demandant ce qu'il pouvait bien vouloir dire par là.

— Vraiment. Ça vous dirait de quitter cet endroit et d'aller boire un verre ?

— Oui, avait-elle répondu avant même de réfléchir.

— Très bien. Dans ce cas, allons-y !

Il l'avait prise par la main et elle s'était laissé faire.

— Raven ?

La jeune femme fut brusquement rappelée au moment présent par la voix de Wayne et le contact de sa main sur son bras nu.

— Oui ? fit-elle, un peu décontenancée.

— Tu sais que l'on peut lire à livre ouvert sur ton visage ? murmura son ami. Ce n'est peut-être pas une très bonne idée dans une pièce remplie de curieux et de mauvaises langues.

— Je réfléchissais, répondit Raven, gênée.

Il lui jeta un regard moqueur et elle poussa un petit grognement de frustration.

— Ce n'est pas ce que tu crois, objecta-t-elle. Brandon et moi allons travailler ensemble.

— Tu crois peut-être que je ne le sais pas ? demanda Wayne d'une voix lourde de sous-entendus.

— Nous sommes des professionnels ! protesta Raven.

— Et tu crois que vous pourrez vous conduire en bons amis ?

— Pourquoi pas ? Je suis une personne très amicale…

Wayne soupira et secoua la tête d'un air résigné.

— Au moins, lui, il sait s'habiller… Mais es-tu certaine qu'il soit judicieux de partir au fin fond des Cornouailles ? Pourquoi ne pas vous installer à Sausalito ? Vous y serez au calme…

— Y a-t-il quelque chose que tu ignores ? demanda Raven, stupéfaite.

— J'espère bien que non ! s'exclama son ami. Salut, Brandon…

Raven sursauta et se retourna pour constater que ce dernier les avait rejoints. Il lui fallut quelques instants pour recouvrer contenance.

— Bonsoir, Brandon, lui dit-elle.

— Raven… je voulais te présenter Lauren Chase.

A contrecœur, la jeune femme arracha son regard à celui de Brandon et se tourna vers l'actrice qui l'accompagnait.

C'était une femme magnifique. Grande, mince,

élancée, elle avait de longs cheveux châtains, de superbes yeux verts et une bouche splendide.

Il y avait en elle une qualité féerique et éthérée, peut-être à cause de la texture presque translucide de sa peau ou de la façon dont elle marchait, avec autant de légèreté que si ses pieds ne faisaient qu'effleurer le sol.

Elle avait trente ans et ne cherchait pas à paraître plus jeune, contrairement à la majorité des femmes présentes ce soir-là. Mais Raven savait que, même âgée de soixante ans, elle continuerait à irradier cette prodigieuse beauté qui semblait venir de l'intérieur.

Lauren avait été mariée deux fois. Son premier divorce avait été retentissant et avait donné lieu à une couverture médiatique frôlant la diffamation. Son second mariage durait depuis sept ans déjà, ce qui était un record dans sa profession, et elle avait mis au monde deux enfants.

Curieusement, la presse qui l'avait traînée dans la boue ne trouvait plus grand-chose à raconter sur son compte.

— Brandon m'a dit que c'est vous qui insuffleriez l'âme de la musique du film, déclara Lauren lorsque le chanteur eut présenté les deux femmes l'une à l'autre.

— C'est beaucoup dire, répondit Raven en riant. Disons que Brandon considère ma musique comme trop sentimentale et que je trouve la sienne trop violente.

— Excellent ! De cette façon, la bande originale

trouvera un juste milieu. Je suis impatiente d'entendre le résultat…

— Si vous voulez, nous vous enverrons les musiques au fur et à mesure que nous les écrirons, suggéra Raven.

— Avec plaisir ! Mais j'ai appris que vous partiez à l'autre bout du monde pour composer…

— Brandon a l'âme d'un artiste, répondit Raven, moqueuse. Il a besoin de solitude pour créer.

— En tout cas, j'attends beaucoup de cette bande originale. Elle jouera un rôle capital dans le film.

— Ne vous en faites pas, lui assura Raven. Vous ne serez pas déçue.

Lauren la regarda attentivement, comme si elle cherchait à lire en elle. Finalement, elle hocha la tête d'un air satisfait.

— Je pense que vous avez raison. Je vous fais entièrement confiance. Bien, ajouta-t-elle en prenant Wayne par le bras, pourquoi ne m'offririez-vous pas un verre avant de me parler des merveilleux costumes que vous allez créer pour moi ?

Wayne se laissa entraîner par la fabuleuse actrice et Raven les suivit des yeux en souriant.

— Voilà une femme qui sait ce qu'elle veut, dit-elle en souriant.

— Et ce qu'elle veut, c'est un oscar, ajouta Brandon. Elle a déjà été nominée trois fois mais elle n'en a remporté aucun. Cette fois, elle est bien déterminée à ne pas le laisser échapper. Qui sait ? Tu en remporteras peut-être un, toi aussi…

— Je n'y avais même pas pensé. Cela me plairait assez, remarque… Mais, avant de rêver au discours de remerciement que nous ferons, il vaudrait peut-être mieux nous mettre au travail.

— A ce propos, comment se déroulent les répétitions ?

— Très bien. Le groupe est plus soudé que jamais et nous avons hâte de commencer. Et toi ? Tu dois bientôt partir pour Vegas, n'est-ce pas ?

— Exact. Tu es venue seule ?

— Oui… J'étais même en retard. Est-ce que tu as vu Julie ?

— Pas encore.

Comme Raven cherchait son amie des yeux, Brandon lui prit le menton, la forçant à le regarder dans les yeux.

— Est-ce que tu me laisseras te ramener chez toi, ce soir ? demanda-t-il.

— Je suis venue avec ma propre voiture, répondit-elle, le cœur battant.

— Ce n'est pas ce que je voulais dire et tu le sais très bien.

Raven prit une profonde inspiration avant de répondre.

— Je ne pense pas que ce serait une très bonne idée, déclara-t-elle enfin.

— Vraiment ? répliqua Brandon d'un ton sarcastique.

Il effleura ses lèvres d'un baiser qui la fit frissonner de la tête aux pieds.

— Tu as peut-être raison, déclara-t-il en s'écartant. De toute façon, nous nous verrons dans quelques semaines…

Sur ce, il se détourna et s'enfonça dans la foule compacte des invités. Raven le suivit des yeux, sans même se rendre compte que des dizaines de personnes la regardaient d'un air entendu.

Chapitre 6

La salle était sombre et silencieuse. Les pas de Raven se répercutaient, amplifiés par l'excellente acoustique des lieux. Très bientôt, la scène serait envahie par des dizaines de roadies qui installeraient le décor, les câbles électriques, le mur d'amplis et les différents instruments du groupe. L'air se remplirait de coups de marteau, de cris, de bruits de fer à souder.

Puis viendraient le moment de la balance et les dernières répétitions. A peine seraient-elles achevées que le hall commencerait à se remplir. Les journalistes entreraient d'abord. Raven devrait alors faire face à leur lot de questions.

C'était un exercice qu'elle redoutait au plus haut point, ces derniers temps. Elle avait effectivement vu surgir un certain nombre d'articles annonçant sa collaboration prochaine avec Brandon.

Chaque fois, les chroniqueurs rappelaient que tous deux étaient sortis ensemble, autrefois. Ils avaient ressorti de vieux clichés les montrant enlacés. Chaque fois que Raven en voyait un, elle sentait s'éveiller en elle une incurable et lancinante souffrance.

Mais que pouvait-elle faire d'autre que les laisser spéculer à loisir sur sa vie amoureuse ? Cela faisait bien longtemps qu'elle avait intégré le fait qu'une star ne s'appartenait jamais réellement…

Heureusement, personne n'avait encore découvert la vérité au sujet de sa mère. Raven l'appelait deux fois par semaine à la clinique Fieldmore. Malgré elle, elle s'était remise à croire aux mea culpa et aux promesses larmoyantes, espérant contre toute attente qu'ils ne seraient pas suivis par une nouvelle rechute.

Sans la tournée, qui exigeait d'elle une concentration absolue, elle se serait sans doute effondrée nerveusement. Mais, une fois de plus, la musique la soutenait et lui ouvrait de nouveaux horizons.

Raven se trouvait à présent sur la scène, face à des rangées de fauteuils vides. On aurait dit une mer rouge sang s'apprêtant à la dévorer. Mais elle savait que, dès que les premières notes retentiraient, elle trouverait la force de l'affronter, de la subjuguer.

C'était un don qu'elle possédait depuis toujours, le plus précieux, sans doute.

Une fois de plus, elle se demanda si elle aurait le courage d'interpréter la chanson qu'elle avait écrite avec Brandon. Jouer avec de tels souvenirs pouvait s'avérer dangereux mais elle avait besoin de se prouver qu'elle était capable de faire face à son propre passé.

Si elle flanchait, comment pouvait-elle espérer partir pour les Cornouailles avec lui ?

Fermant les yeux, elle commença à chanter, doucement d'abord puis avec une assurance croissante.

Tandis que la mélodie prenait forme et s'élevait dans l'immense salle déserte, elle sourit intérieurement. Les paroles qu'ils avaient écrites ensemble auraient sans doute paru trop sentimentales au Brandon d'aujourd'hui. Mais elles sonnaient juste parce qu'elles étaient le fruit de l'amour qui les unissait alors.

Pendant des années, elle avait été incapable d'écouter cette chanson jusqu'au bout. Chaque fois qu'elle l'entendait à la radio, elle changeait de station. Combien de fois lui avait-on demandé de l'interpréter en concert ou sur l'un de ses singles ? Elle avait toujours refusé…

Encore aujourd'hui, elle entendait dans sa tête la voix de Brandon, qui s'était mêlée à la sienne autrefois, formant un contrepoint parfait, poignant. Curieusement, l'expérience n'était pas aussi douloureuse qu'elle l'aurait pensé. Ce qu'elle éprouvait, c'était plutôt une forme sourde de mélancolie teintée de désir et de regrets.

— Je ne t'avais jamais entendue chanter ça, fit une voix non loin d'elle.

Le cœur battant à tout rompre, Raven rouvrit les yeux et aperçut Marc qui se tenait au premier rang.

— Tu m'as fait une de ces peurs ! s'exclama-t-elle en riant. Je ne savais pas qu'il y avait quelqu'un…

— Je viens d'arriver. Mais je n'ai pas voulu t'interrompre avant la fin. C'était magnifique…

Il la rejoignit sur scène et elle remarqua qu'il portait une guitare acoustique en bandoulière. Cela n'avait d'ailleurs rien de surprenant : Marc se promenait rarement sans un instrument quelconque.

— Bien sûr, je connais la version que Brandon et toi avez enregistrée, reprit-il. J'ai toujours trouvé dommage que tu ne la reprennes pas en concert. C'est une mélodie extraordinaire. Mais je suppose que tu ne voudrais pas la chanter avec quelqu'un d'autre…

Raven lui jeta un coup d'œil étonné. Elle comprit brusquement qu'il avait raison : ce morceau était beaucoup trop lié à Brandon pour qu'elle puisse le chanter sans lui.

— C'est vrai, reconnut-elle. Est-ce que tu es venu répéter, toi aussi ?

— Non. Je te cherchais. J'ai appelé ta chambre mais tu n'y étais pas. Julie m'a dit que tu te trouverais sans doute ici.

Il s'assit au bord de la scène à même le sol et Raven le rejoignit. Il commença à jouer une série d'arpèges compliqués.

— Je suis heureuse que tu sois là, lui dit-elle. J'aime venir repérer les lieux avant que l'équipe ne se mette au travail. C'est amusant… Je ne sais même pas dans quelle ville nous sommes mais je suis convaincue d'être déjà venue ici.

— Kansas City, indiqua Marc sans cesser de jouer.

— Vraiment ? J'avoue que je commence à me

sentir un peu déphasée. Cela fait deux semaines que nous tournons et il en reste encore autant.

— Ne t'en fais pas, tu trouveras bientôt ton second souffle, lui assura Marc.

Tout en enchaînant les accords sur sa guitare, il gardait les yeux fixés sur les mains de la jeune femme. Elles reposaient sur ses cuisses, immobiles. Elles étaient longues et minces et, malgré son bronzage, paraissaient presque fragiles. Sa peau était si fine qu'une veine bleutée se devinait à la jonction du pouce et de l'index.

Comme à son habitude, elle ne portait aucune bague.

— Tu as raison, murmura-t-elle enfin. D'autant que tout se déroule au mieux. Je suis contente que le label ait choisi Glass House comme première partie. C'est un excellent groupe. La salle est toujours chauffée à blanc avant notre entrée en scène… Je regrette que Kelly soit parti, pourtant.

— Il rêvait depuis des années de fonder son propre groupe.

— C'est vrai… Heureusement, notre nouveau bassiste est très doué.

— Il connaît son métier.

— Pas autant que toi, pourtant. Laisse-moi essayer…

Marc cessa de jouer et fit passer la guitare à Raven. Celle-ci jouait moins bien que lui mais se débrouillait très honorablement. Elle laissa ses doigts courir sur le manche de la guitare, improvisant quelques enchaînements.

— Je crois que je manque de pratique, remarqua-t-elle enfin.

— C'est toujours une bonne excuse, ironisa Marc.

— A moins que ta guitare ne soit désaccordée…, dit-elle avec un sourire moqueur.

— C'est une Martin de 1964, objecta-t-il, choqué. Comment veux-tu qu'elle se désaccorde ?

— Eh ! Si tu étais galant, tu me dirais qu'elle est effectivement désaccordée et que je joue comme une déesse. Franchement, tu n'es pas très doué pour mentir. Heureusement que tu es musicien et pas politicien !

— J'y ai pensé mais les politiciens doivent voyager tout le temps…

Raven éclata de rire.

— Je n'aurais jamais cru que l'on pouvait trouver un point commun entre ces deux professions, déclara-t-elle.

— Ce n'est pas le seul : je crois que ce sont les carrières où il est le plus facile d'être porté aux nues un jour et traîné dans la boue le lendemain…

— Je ne te connaissais pas un tel don pour les analogies, remarqua Raven en lui rendant son instrument. Joue-moi encore quelque chose. J'adore te regarder : à te voir on n'imaginerait jamais que ce puisse être si compliqué. C'est comme lorsque j'observais Brandon…

Elle s'interrompit et soupira.

— Il est gaucher, n'est-ce pas ? demanda Marc d'une voix égale.

— Oui. C'était terrible d'ailleurs, parce qu'à chaque fois qu'il essayait de m'enseigner un plan de guitare je devais tout reconstituer à l'envers ! Peut-être est-ce pour cela que je n'ai jamais réussi à être aussi à l'aise que vous…

Elle se tut et Marc se remit à improviser. Le fait de se trouver seuls dans cette immense pièce vide créait entre eux une étrange intimité. Lorsqu'il commença à jouer les accords de l'un de ses singles, Raven se mit à chanter à l'unisson.

Ils répétèrent ainsi quelques morceaux et la jeune femme sentit une certaine sérénité s'installer en elle. Ce moment était comme suspendu dans le temps et lui donnait l'occasion de souffler, de se ressourcer. L'impression de vertige qui l'habitait depuis deux ou trois jours commença à se dissiper et elle comprit qu'elle parviendrait à achever cette tournée, que tout se passerait bien.

— Je suis heureuse que tu sois venu, dit-elle à Marc lorsqu'ils s'interrompirent enfin.

Il lui sourit et la regarda droit dans les yeux.

— Sais-tu depuis combien de temps nous jouons ensemble, Raven ? lui demanda-t-il brusquement.

— Quatre ans, quatre ans et demi, répondit-elle.

— Cela fera cinq ans cet été. Je suis entré dans le groupe en août, alors que tu préparais ta seconde tournée. Je me souviens que, quand je t'ai rencontrée pour la première fois, tu portais un jean déchiré et un T-shirt avec un arc-en-ciel. Tu étais pieds nus et tu avais l'air un peu perdue. C'était environ un mois après le départ de Brandon...

Raven le regarda avec stupeur. Jamais elle ne l'avait entendu parler aussi longtemps.

— C'est étrange que tu te rappelles ça. Ce n'est pourtant pas une tenue bien impressionnante...

— Je m'en souviens parce que, dès que je t'ai vue, je suis tombé amoureux.

Raven le contempla longuement, trop stupéfaite pour pouvoir lui répondre.

— Oh, Marc..., murmura-t-elle enfin.

Elle chercha quelque chose à dire mais ne trouva rien. Au lieu de cela, elle lui prit la main et la serra très fort dans la sienne.

— Une fois ou deux, j'ai failli te l'avouer, soupira-t-il.

— Pourquoi ne l'as-tu pas fait ?

— Parce que j'aurais eu trop mal si tu m'avais repoussé...

Posant sa guitare sur ses genoux, il se pencha vers elle et l'embrassa tendrement. Sous le choc de cette révélation, Raven le laissa faire sans pourtant lui rendre son baiser.

— Je ne savais pas, souffla-t-elle enfin. J'aurais sans doute dû m'en apercevoir... Je suis désolée...

— Il n'y a pas de quoi. De toute façon, j'ai vite compris que le souvenir de Brandon te hantait toujours. Et il n'est pas facile de lutter contre un fantôme... Finalement, je me suis dit que c'était peut-être mieux ainsi. Je ne crois pas que j'aurais pu t'offrir ce dont tu as besoin.

— Que veux-tu dire ?

— Eh bien… C'est difficile à formuler… Mais je pense que tu es une femme qui ne demandes rien et à laquelle les hommes finissent justement par tout donner.

— Je ne comprends pas…

— Ce qu'il te faut, c'est quelqu'un qui s'offre à toi sans retenue, qui s'abandonne complètement. Et j'en suis incapable.

— Pourquoi me dis-tu tout cela aujourd'hui ? lui demanda-t-elle.

— Parce qu'en t'écoutant chanter tout à l'heure j'ai compris que je t'aimerais toujours et que je ne te posséderais jamais. Mais je sais aussi à présent que, si je te possédais, je perdrais quelque chose d'infiniment plus précieux.

— Quoi donc ?

— Un rêve, je crois. Une vision qui me réchauffe chaque fois que j'ai froid, qui me fait me sentir jeune chaque fois que j'ai l'impression d'être trop vieux et trop usé par la vie… Parfois, ce qui pourrait être a plus de valeur que ce qui est.

Raven le contemplait en silence, ne sachant plus si elle avait envie de sourire ou de pleurer.

— Je suis désolé, lui dit-il enfin. Tout cela doit te mettre très mal à l'aise…

— Non, répondit-elle en le regardant droit dans les yeux. Ça m'a fait beaucoup de bien, au contraire.

Marc sourit, se remit debout et l'aida à se redresser à son tour.

— Allons prendre un café…, suggéra-t-il avec autant de naturel que si rien ne s'était passé.

Raven sourit et hocha la tête.

Brandon sortit de la douche de sa loge et, après s'être essuyé, il enfila un jean propre. Il était plus de 2 heures du matin mais il se sentait en pleine forme. L'énergie qui l'avait habité tandis qu'il se trouvait sur scène courait toujours dans ses veines et il décida d'aller faire un tour au casino.

Il avait besoin de s'occuper pour se défaire du trop-plein d'adrénaline qui l'habitait. Bien sûr, il aurait pu passer la nuit avec une femme… Après tout, il y avait certainement des dizaines de groupies qui l'attendaient à la sortie de sa loge et ne demanderaient pas mieux que de partager son lit.

Brandon se regarda dans la glace en pied qui trônait au milieu de la pièce. Son torse nu révélait un ventre plat et des bras aux muscles longs et nerveux. Ce physique athlétique, il l'avait développé durant les années qu'il avait passées dans les rues de Londres.

Combien de fois avait-il dû se faire respecter à coups de poing et de pied ? A combien de bagarres avait-il participé, à cette époque peu glorieuse de sa vie ?

Si sa mère n'avait pas insisté pour qu'il prenne des cours de musique, il aurait peut-être fini dans une impasse sombre, un poignard planté dans le ventre ou une seringue dans le bras, comme nombre de ses amis d'alors.

Il avait choisi la guitare électrique, bien sûr. Parce que c'était un instrument qui symbolisait la jeunesse, la rébellion contre l'autorité, le rock et tous ses excès. Et il était tombé irrémédiablement amoureux.

Au lieu de traîner dans les rues, il s'était mis à passer des heures enfermé dans sa chambre, luttant pour maîtriser cet instrument, découvrant sans cesse de nouvelles techniques, de nouveaux horizons.

Il avait alors commencé à travailler comme serveur dans un petit restaurant pour se payer des cours et les disques de tous ceux qui avaient célébré avant lui le culte du dieu rock and roll.

A quinze ans, il avait fondé son premier groupe. A force d'audace et de conviction, il avait réussi à persuader les patrons de quelques pubs de le laisser jouer en échange d'un pourcentage ridicule sur les consommations.

Mais l'argent n'avait pas d'importance. Ce qui comptait, c'était de voir le public reprendre en chœur les refrains, de voir les gens battre la mesure, de voir leurs yeux s'illuminer lorsqu'il se lançait dans un solo passionné.

Brandon n'avait cependant pas tardé à comprendre que, s'il continuait à imiter ses illustres prédécesseurs, il finirait comme tous ces groupes qui végétaient toute leur vie dans des bars de seconde zone.

Il avait alors décidé de forger son propre son, sa marque de fabrique originale. Pour cela, il avait beaucoup écouté de musique. Il avait couru les salles de concert pour tenter de comprendre ce qui était dans l'air.

Et il en avait tiré certaines conclusions. La plupart des groupes de hard rock s'étaient lancés dans une course en avant. C'était à qui serait le plus radical, le plus jusqu'au-boutiste.

S'il voulait se distinguer, il lui fallait explorer d'autres horizons. A contre-courant, il se mit donc à étudier ses classiques, cherchant à comprendre ce qui avait rendu immortels des groupes comme les Beatles, les Rolling Stones, Led Zeppelin ou, plus récemment, U2, Police ou Dire Straits.

Lentement, il commença à trouver un style personnel, héritier de tous ces guitaristes légendaires mais nourri des techniques du hard rock moderne.

Alors qu'il venait tout juste d'avoir vingt ans, un producteur indépendant remarqua ses compositions et lui proposa d'enregistrer son premier album. Celui-ci connut un échec retentissant.

Mais Brandon n'avait pas désespéré. Comprenant que ce revers était principalement dû à la médiocrité de la production et à l'absence d'exposition du disque, il avait dénoncé son contrat avec le label et était remonté sur scène.

Des pubs du début aux salles aussi prestigieuses que le Hammersmith, il avait travaillé dur, luttant pour s'imposer. Lorsqu'il s'était senti suffisamment prêt, il avait signé avec l'une des plus grosses maisons de production de Londres.

Cette fois, l'album avait été accueilli triomphalement. L'année suivante, il entamait sa première tournée européenne. Un an plus tard, l'Amérique lui ouvrait les bras. Il put enfin acheter une belle maison à ses parents et financer les études de son frère à l'université.

Aujourd'hui, à trente ans, il avait atteint le sommet. Toutes les portes lui étaient ouvertes et chacun de ses disques se vendait à des centaines de milliers d'exemplaires. Il commençait à se rendre compte que la musique ne lui suffisait plus.

Il y avait consacré la moitié de son existence, ne renonçant devant aucun sacrifice. Peut-être était-il temps de penser un peu à lui, à présent, d'interrompre cette course folle pour obtenir ce qu'il voulait vraiment.

Car il savait exactement ce qu'il attendait de la vie. Il l'avait découvert cinq ans auparavant, entre les bras de Raven Williams. Mais il était trop jeune, alors, pour le comprendre vraiment.

Il y avait encore en lui trop de l'adolescent rebelle qui refusait toute forme d'engagement ou de conformisme. Lorsqu'il avait compris combien il s'attachait à Raven, combien elle commençait à compter à ses yeux, il avait pris peur.

C'était quelque chose qu'il n'avait jamais avoué à personne, et surtout pas à elle. Mais ce n'en était pas moins la vérité la plus nue.

A l'époque, il se voyait comme une rock-star, une étoile filante sans cesse en mouvement. Il croyait puiser son énergie et son talent dans l'équilibre précaire, la fuite en avant, le flirt incessant avec les limites de la loi et de la morale.

Auprès de Raven, il avait trouvé la paix, l'harmonie et le calme. Il pouvait rester des heures à la regarder, à discuter avec elle, à faire l'amour, sans avoir besoin de personne d'autre. Elle satisfaisait chacune de ses envies, chacune de ses attentes.

Et cela le terrifiait.

Il avait commencé à se demander s'il serait encore capable de créer sans l'appel de l'inconnu, sans cette incertitude permanente qu'il avait inconsciemment cultivée jusqu'alors. Et plus il se posait de telles questions, plus son angoisse redoublait et moins il composait.

Il avait fini par conclure qu'il devait choisir entre Raven et la musique. Et, la mort dans l'âme, il l'avait quittée...

Au cours des années suivantes, son succès avait paru confirmer la justesse de sa décision. Il s'était peu à peu convaincu qu'il avait bien fait, que son amour pour la jeune femme aurait fini par lui couper les ailes.

Il était passé de femme en femme sans jamais s'attacher, sans jamais retrouver ce qu'il avait connu à ses côtés.

Mais il était libre.

Peut-être aurait-il pu continuer à se mentir de

cette façon pendant des années. Mais, un jour, en écoutant la radio, il était tombé sur *Clouds and Rain*, la seule chanson qu'il avait écrite avec Raven.

Cela faisait des années qu'il ne l'avait pas entendue et il avait tout d'abord été agréablement surpris par la qualité de la mélodie. Et plus il écoutait, plus il sentait monter en lui une sensation de malaise.

Et, brusquement, il avait compris.

Ce morceau, il l'avait composé avec Raven au moment le plus heureux de leur relation, au moment où il l'avait le plus aimée, *au moment où il se sentait le plus équilibré, le plus en paix.*

A cet instant précis, tous les raisonnements qu'il avait échafaudés s'étaient brutalement effondrés. Il avait pris conscience que ce qui l'avait empêché de créer à cette époque, ce n'étaient pas ses sentiments pour Raven mais bien sa propre angoisse.

Ce dont il avait besoin pour composer, c'était d'émotions intenses. Certes, il pouvait les trouver dans ce déséquilibre entretenu, dans le papillonnage incessant. Mais il pouvait tout aussi bien les puiser dans l'amour qu'il vouait à quelqu'un.

Revisitant le cours de son existence, il s'était aperçu que jamais il n'avait aimé personne autant que Raven. De toutes les femmes qu'il avait connues, elle seule lui avait offert tout ce dont il rêvait. Et il l'avait abandonnée…

Après avoir sombré dans le désespoir le plus noir, Brandon avait fini par se ressaisir. Il savait que Raven n'était pas mariée, qu'elle n'avait pas d'enfants et qu'elle vivait seule. Rien ne l'empêchait, dès lors, d'espérer la reconquérir.

A présent, il ne lui restait plus qu'à trouver le moyen d'y parvenir...

Deux heures plus tard, Brandon se trouvait assis à une table de black jack. Il jouait sans conviction, presque par réflexe. Il avait espéré que les lumières, le bruit et l'excitation ambiante l'aideraient à chasser les doutes et les questions qui le rongeaient.

Lorsqu'il avait revu Raven à Los Angeles, il était plein d'espoir, prêt à commencer un nouveau chapitre de sa vie à ses côtés. Mais il avait découvert combien il l'avait blessée en l'abandonnant, des années auparavant. Apparemment, elle n'était pas décidée à se laisser séduire, moins encore par lui que par tout autre.

Il commençait à se demander s'il réussirait vraiment. Une fois de plus, il tenta de se persuader qu'il aurait sa chance lorsque tous deux se retrouveraient en tête à tête dans les Cornouailles. Mais il n'en était plus du tout aussi convaincu...

Levant les yeux, il observa les autres joueurs qui se trouvaient à sa table. Il y avait une blonde grande et mince qui paraissait aussi concentrée que si sa vie avait dépendu des cartes qu'elle tenait à la main. Elle portait une magnifique bague ornée d'un diamant et un beau collier de saphirs.

En face d'elle se trouvait un couple. Probablement de jeunes mariés en lune de miel, songea-t-il en avisant l'alliance encore brillante que la femme portait au doigt et qu'elle caressait inconsciemment.

Ils étaient tout excités d'avoir gagné même si le montant desdits gains ne dépassait pas trente dollars. Leur enthousiasme et les regards chargés d'amour et de complicité qu'ils échangeaient avaient quelque chose de touchant.

Brandon finit par quitter la table, laissant son verre de whisky à moitié plein. Il ne pouvait plus supporter ce casino bruyant et clinquant et regagna sa chambre d'hôtel. Celle-ci était sombre et silencieuse, contrastant avec l'endroit qu'il venait de quitter.

Mais cela ne l'aida pas à se détendre pour autant. L'excitation du concert qui refusait de refluer et les doutes qui se bousculaient dans son esprit l'empêcheraient de dormir.

Il sortit une cigarette et l'alluma avant de s'asseoir sur son lit. Il resta quelques instants immobile, les yeux fixés sur le téléphone qui trônait sur sa table de nuit. Finalement, incapable de résister à la tentation, il décrocha et composa le numéro de Raven.

La jeune femme dormait profondément mais la sonnerie de son portable la réveilla instantanément. Le cœur battant, elle se redressa sur son lit. L'espace d'un instant, elle fut désorientée par l'endroit dans lequel elle se trouvait. Puis elle se souvint qu'elle était en tournée.

Elle se trouvait dans l'hôtel quelconque d'une ville quelconque. Ce qui importait, en revanche, c'était qu'un appel au beau milieu de la nuit ne pouvait signifier qu'une chose : sa mère avait recommencé…

— Allô ? fit-elle d'une voix tendue.

— Raven… Je sais que je te réveille. Je suis désolé.

— Brandon ? s'exclama-t-elle, stupéfaite. Est-ce qu'il t'est arrivé quelque chose ? Tu vas bien ?

— Je vais bien. Et je suis un parfait goujat…

Se détendant enfin, Raven se redressa contre son oreiller.

— Tu es à Vegas, n'est-ce pas ?

— Oui, jusqu'à la fin de la semaine prochaine.

— Comment se passent les concerts ?

Brandon ne put s'empêcher de sourire. C'était parfaitement typique de Raven : au lieu de lui demander pourquoi diable il la réveillait au beau milieu de la nuit, elle acceptait sans discuter le fait qu'il avait simplement envie de lui parler.

Tirant sur sa cigarette, il se rendit compte que c'était justement à cause de ce genre de détails qu'il l'aimait tant.

— Très bien, répondit-il. Mais je n'ai pas autant de chance au jeu…

— Tu connais le proverbe, dit-elle en riant.

Brandon sourit, espérant qu'il se vérifierait.

— Tu es toujours accro au black jack ? lui demanda-t-elle, curieuse.

— Toujours… Comment ça se passe, là-bas, au Kansas ?

— Je suis au Kansas ?

Brandon éclata de rire.

— En tout cas, le public était formidable, reprit-elle en repensant au spectacle. Jusque-là, je n'ai pas à me plaindre. Le groupe est en forme et les spectateurs, plutôt réceptifs. Tu crois que tu auras le temps de venir au concert de New York ? Il faut absolument que tu entendes le groupe qui fait notre première partie. Tu vas adorer !

— Je serai là, répondit Brandon qui sentait son trop-plein d'énergie refluer lentement.

— Tu as l'air fatigué…

— Je commence à l'être. Raven…

Elle attendit qu'il poursuive mais il garda le silence.

— Oui ? dit-elle.

— Tu m'as manqué. J'avais vraiment besoin d'entendre ta voix… Dis-moi ce que tu vois, en ce moment.

— Eh bien, les rideaux sont ouverts. Dehors, c'est l'aube. Je ne vois aucun bâtiment. Juste le ciel… Il est plus mauve que gris et la luminosité est encore très faible. Cela fait longtemps que je n'avais pas vu le soleil se lever. C'est très beau.

— Tu crois que tu parviendras à te rendormir ? demanda Brandon qui sentait ses paupières s'alourdir.

— Oui. Mais je crois que je vais d'abord aller faire une petite promenade. En revanche, je ne demanderai pas à Julie si elle veut m'accompagner. Elle risque de très mal le prendre…

Brandon enleva ses chaussures l'une après l'autre et étendit ses jambes sur le lit.

— Tâche plutôt de dormir, lui dit-il. Tu as besoin de toute ton énergie, en ce moment. Mais je te promets que nous irons faire de longues promenades le long de la falaise lorsque nous serons dans les Cornouailles.

— J'ai hâte d'y être.

— Bonne nuit, Raven. Et désolé de t'avoir réveillée…

— Je suis contente que tu l'aies fait, répondit-elle avec un sourire.

Elle avait perçu le changement d'intonation de Brandon. Visiblement, la fatigue l'avait rattrapé.

— Repose-toi, Brandon. Nous nous verrons lorsque j'arriverai à New York.

— D'accord. Bonne nuit, Raven…

Il faillit s'endormir avant même d'avoir raccroché le combiné. A quinze cents kilomètres de là, Raven regardait le soleil se lever.

Chapitre 7

Raven essayait de rester calme et immobile tandis que sa coiffeuse arrangeait ses cheveux pour ce qui devait être le dernier concert de sa tournée. Sa loge était emplie de fleurs qui dégageaient une odeur entêtante. Les bouquets avaient été livrés presque en continu depuis près de deux heures et il avait fallu trouver une salle spéciale pour stocker ceux qui arrivaient encore.

En plus de Raven et de sa coiffeuse, il y avait son maquilleur, son habilleuse, Wayne, qui était en pleine discussion avec cette dernière, et Julie, qui passait le plus clair de son temps pendue au téléphone pour régler les détails de son prochain départ pour l'Europe.

— Tu sais, lui dit Raven, profitant d'un moment de répit, j'aurais peut-être dû demander une semaine de plus à Brandon avant de prendre l'avion… Je suis sûre que j'ai oublié des tas de choses. Je ne sais même plus si j'ai pensé à prendre un manteau…

Julie éclata de rire.

— Ne t'en fais pas, tu pars pour l'Angleterre, pas pour le fin fond de l'Amazonie. Au pire, tu pourras acheter tout ce qui te manque sur place.

Tiens, ajouta-t-elle en lui tendant une carte de visite. Elle se trouvait sur le dernier bouquet qui vient d'être livré…

Raven lut le nom de Max, le producteur de l'une des émissions de télévision auxquelles elle avait participé.

— Apparemment, il organise une fête ce soir, dit-elle. Tu devrais y aller, Julie…

— Si j'ai une minute, j'y passerai peut-être.

— Je n'arrive pas à croire que ce soit déjà le dernier soir ! s'exclama Raven. C'est allé si vite… Qu'as-tu pensé de la tournée, Julie ? Tu crois que nous avons été bons ?

— Je n'avais encore jamais eu de retours aussi enthousiastes, répondit son amie. Et tous les spectacles que j'ai vus étaient extraordinaires.

— Je suis sûre que tu es contente que ça se termine, remarqua Raven.

— Oh, oui ! Je vais pouvoir dormir une semaine d'affilée ! Tout le monde n'a pas autant d'énergie que toi, tu sais…

— J'adore jouer à New York.

— Tiens-toi tranquille ! pesta sa coiffeuse.

— Mais c'est ce que je fais…

— Non ! Tu n'arrêtes pas de gigoter.

— Je suis désolée. Je crois que je suis complètement survoltée. Mais ne t'en fais pas, la coiffure est parfaite.

Quelques minutes plus tard, la coiffeuse et le maquilleur terminèrent leur travail. Tout le monde quitta la loge sauf Julie et Wayne. Au loin, on entendait la musique étouffée du groupe qui assurait la première partie. Raven se contempla dans son miroir et secoua la tête.

— Je vous promets que je ne me maquillerai pas et que je ne me coifferai pas pendant au moins deux semaines ! s'exclama-t-elle. C'est un véritable calvaire…

— Ne t'en fais pas, déclara Wayne, dans les Cornouailles il n'y aura pas grand-monde pour te voir, de toute façon ! Et toi, Julie ? Que comptes-tu faire pendant ce temps ?

— Une petite croisière dans les îles grecques le temps de récupérer. Je pars le 9.

— Ecoute-la ! s'exclama Raven en riant. A l'entendre, on ne dirait pas que c'est elle qui m'a fait marcher à la baguette pendant quatre semaines.

— Justement, au risque de passer pour une mégère, je te conseille de t'habiller rapidement…

— Tu vois ? soupira Raven en décochant un clin d'œil à Wayne. Qu'est-ce que je te disais ?

Elle se leva et alla chercher la robe rouge et argent qui constituait sa première tenue de scène.

— Laisse-moi t'aider à l'enfiler, déclara Wayne. Puisque tu as renvoyé ton habilleuse, je prendrai sa place.

— Merci, dit Raven en se débarrassant de ses vêtements.

Wayne l'aida à passer son costume.

— Tu sais, lui dit-elle, tu avais raison au sujet

de la combinaison de cuir. Chaque fois que j'entre en scène avec, les gens applaudissent tellement que j'en viens à me demander si c'est la tenue ou la chanson qu'ils préfèrent.

— Je te l'avais dit. T'ai-je jamais déçue ?

— Jamais, répondit-elle avec un sourire. Est-ce que je te manquerai lorsque je serai en Angleterre ?

— Terriblement !

On frappa à la porte de la loge.

— Plus que dix minutes, mademoiselle Williams !

Raven prit une profonde inspiration.

— Est-ce que tu seras dans la salle ? demanda-t-elle à Wayne.

— Non, je resterai en coulisses avec Julie.

— Merci, dit celle-ci. N'oublie pas tes boucles d'oreilles. Franchement, Wayne, elles sont superbes…

— Evidemment !

— La taille de l'ego de cet homme ne cessera jamais de me surprendre, déclara Julie à Raven.

— L'essentiel, c'est qu'il ne dépasse pas le talent de l'interprète, répliqua galamment Wayne.

Tous trois éclatèrent de rire.

— Espérons que tu as raison, remarqua enfin Raven. Le public de New York est connu pour être exigeant ! Ils me fichent une peur bleue…

— Je croyais que tu adorais jouer dans cette ville ? dit Wayne en s'allumant une cigarette.

— C'est vrai. Surtout en fin de tournée… C'est un défi motivant. Je sais qu'ils ne seront pas dupes si je ne donne pas tout ce que j'ai… Alors ? A quoi je ressemble ?

— La robe est sensationnelle, répondit Wayne avec malice. Toi, tu es passable. Je pense que ça fait une bonne moyenne.

— Tu parles d'un soutien moral !

— Allons-y, les pressa Julie. Tu vas finir par rater ton entrée !

— Je ne rate jamais une entrée, décréta Raven.

Mais, en dépit de l'assurance qu'elle affectait, elle se sentait très tendue. Brandon lui avait promis qu'il assisterait au spectacle. Alors pourquoi n'était-il pas là ? Peut-être s'était-il trompé d'heure. Peut-être avait-il été retardé par la circulation. A moins qu'il ait tout simplement oublié…

— Cinq minutes, mademoiselle Williams !

— Raven ! insista Julie.

— C'est bon, j'arrive…

Elle se tourna vers ses amis et leur décocha un sourire radieux.

— Quoi qu'il se passe, dites-moi que j'ai été merveilleuse après le spectacle. Je veux finir cette tournée sur une note positive !

Ils remontèrent le couloir jusqu'à la scène. De l'autre côté du rideau, on n'entendait que le brouhaha de la foule qui patientait tandis que les roadies finissaient de préparer les instruments.

Raven embrassa Wayne et Julie et rejoignit son groupe. Ils se prirent par les épaules et se serrèrent les uns contre les autres comme à chaque début de concert. Dans la salle, une clameur commença à retentir.

— Raven, Raven, Raven !

Alors que le groupe s'apprêtait à monter en scène, le régisseur rejoignit la jeune femme en courant.

— On m'a demandé de vous remettre ça, lui dit-il en lui tendant une fleur.

C'était une violette et Raven n'eut pas besoin de demander qui la lui envoyait. Elle inspira une bouffée et ferma les yeux.

— Raven ! appela Marc.

Elle revint brusquement à la réalité et lui sourit avant de glisser la fleur dans son corsage. Les membres du groupe quittèrent les coulisses et de bruyants vivats retentirent. Quelques instants plus tard, Marc entama le riff de *Raven's Eye*, le morceau qui introduisait traditionnellement leurs spectacles.

S'emparant du micro, Raven entra en scène et commença à chanter, éveillant un véritable torrent d'applaudissements qui sembla faire trembler la salle tout entière.

Le groupe enchaîna quelques-uns des morceaux les plus nerveux de son répertoire, réveillant l'enthousiasme des spectateurs qu'entamait toujours l'inévitable pause entre les deux groupes.

Raven se dépensait sans compter, arpentant la scène en tous sens, enchaînant les chansons avec une maestria vertigineuse, s'investissant avec la même fougue dans chacun des morceaux. Elle les avait répétés des dizaines de fois mais parvenait instinctivement à retrouver leur fraîcheur originelle, qui se doublait d'une maîtrise cultivée au cours des quatre semaines précédentes.

Elle électrisait l'assistance et pas un seul des spectateurs ne pouvait s'empêcher de trépigner, de reprendre les refrains entêtants qu'elle avait amoureusement ciselés et que tous connaissaient déjà par cœur.

Après quarante minutes d'un véritable tour de chant, elle regagna les coulisses pendant que Marc se lançait dans un solo endiablé.

— C'était hallucinant ! s'exclama Wayne en l'aidant à se débarrasser de sa robe rouge pour qu'elle en enfile une blanche d'inspiration celtique. Continue comme ça, ma chérie !

Elle lui décocha un baiser et revint se positionner en bordure de scène tandis que le solo ralentissait. La saturation disparut progressivement et, par une transition habile, Marc se retrouva en train d'égrener les arpèges de la première des ballades qu'elle devait interpréter.

Lorsqu'elle entra, elle fut accueillie par un cri de joie qui l'électrisa, la faisant frissonner des pieds à la tête. Volontairement, elle se força à ralentir le pas tandis qu'elle se dirigeait vers le pied du micro qui occupait le centre de la scène.

Lorsqu'elle se remit à chanter, sa voix paraissait transformée. La hargne rageuse des premiers morceaux avait cédé la place à une douceur de velours qui s'insinuait au plus profond des spectateurs. D'égérie du rock, Raven paraissait brusquement s'être muée en vivante incarnation de l'esprit du blues.

Mais, tandis que le groupe marquait une pause entre deux morceaux, une clameur se fit entendre au centre du public.

— Brandon, Brandon, Brandon !

Raven fit signe à l'éclairagiste, qui fit basculer l'un des spots en direction de la foule, révélant Brandon entouré de fans au bord de l'hystérie.

— On dirait que j'ai de la visite, fit Raven au micro.

Un éclat de rire se fit entendre dans l'assemblée.

— Brandon, si tu viens chanter avec moi, je te promets que je te rembourserai le prix de l'entrée…

Un déluge d'applaudissements et d'encouragements retentit, et la foule s'écarta pour le laisser gagner la scène. Lorsqu'il monta dessus, les cris redoublèrent. Il était entièrement vêtu de noir, et Raven et lui formaient un contraste parfait. Lorsqu'il l'embrassa sur la joue, le public marqua son approbation avec fougue.

— Je suis désolé, souffla-t-il à la jeune femme. J'aurais mieux fait d'aller en coulisses mais je voulais te voir de face…

— Je suis ravie que les choses se soient passées de cette façon. Mais qu'est-ce que nous allons leur chanter ?

Avant même qu'il ait eu le temps de lui répondre, une nouvelle clameur monta de l'assistance.

— *Clouds and Rain* ! *Clouds and Rain* ! *Clouds and Rain* !

— Tu te souviens toujours des paroles, n'est-ce pas ? murmura Brandon tandis qu'on installait pour lui un deuxième micro.

— Bien sûr, répondit la jeune femme. Mais mon groupe ne connaît pas le morceau…

— Moi si, déclara Marc.

Il se tourna vers le bassiste et le batteur pour leur donner les accords et commença à jouer l'introduction. Aussitôt, un cri de joie ébranla la salle. Puis un silence quasi religieux retomba.

Brandon lui prit la main et se tourna vers elle. C'était toujours de cette façon qu'ils avaient interprété cette chanson. Face à face, les yeux dans les yeux comme s'ils étaient en train de faire l'amour. Le cœur battant, Raven commença à chanter et la voix de Brandon ne tarda pas à se mêler à la sienne. La mélodie était simple mais les harmonies, complexes et raffinées.

Au bout d'un moment, il sembla que leurs chants ne faisaient plus qu'un et il devenait impossible de les distinguer. La guitare de Marc leur offrait un contrepoint aussi précis que discret et Raven eut brusquement l'impression de se perdre dans la musique.

Plus rien d'autre n'existait que les yeux de Brandon fixés sur elle, que leurs voix qui fusionnaient en un moment d'éternité. Elle oublia le public, la scène et les cinq années de séparation qui avaient creusé un gouffre entre eux.

C'était une communion entière, totale, une intimité plus profonde encore que celle de la chair. Leurs âmes elles-mêmes semblaient se fondre l'une dans l'autre.

Lorsque la chanson prit fin, leur dernière note sembla flotter dans un silence impressionnant, se prolongeant à l'infini. Brandon vit les yeux de Raven se remplir de larmes et sa lèvre inférieure trembler légèrement et, incapable de résister à la magie de cet instant, il se pencha vers elle pour l'embrasser.

Raven n'entendit ni les cris, ni les applaudissements, ni les sifflements qui retentirent brusquement. Elle ne sentait plus que les lèvres de Brandon sur les siennes, ses bras qui l'enserraient, lui donnant l'impression qu'elle était protégée de tout.

Elle le serra contre elle et des dizaines de flashes crépitèrent autour d'eux sans qu'ils y prêtent la moindre attention. Ils étaient seuls au monde, plus proches l'un de l'autre, peut-être, qu'ils ne l'avaient été au cœur même de leur passion.

A contrecœur, Brandon finit par s'arracher à elle et elle eut l'impression que son cœur se déchirait. Dans ses yeux, il lut un mélange de désir et de confusion et il sut que rien n'était perdu.

— Tu es meilleure que tu ne l'as jamais été, Raven, murmura-t-il. Dommage que tu t'entêtes à interpréter ces ballades sentimentales…

— Tu essaies de relancer ta carrière en fin de

course en m'obligeant à chanter avec toi et en plus tu m'insultes ! s'exclama-t-elle en riant, plus heureuse en cet instant qu'elle ne l'avait jamais été.

— Voyons plutôt comment tu t'en sors, maintenant que j'ai chauffé le public pour toi, répliqua-t-il du tac au tac.

Il déposa un petit baiser sur sa joue, salua le public et sortit en coulisses sous un torrent d'applaudissements. Raven se tourna alors vers le public et sourit.

— Pas mauvais, ce petit jeune, lança-t-elle au micro. Dommage qu'il n'ait jamais eu de succès…

Au bout de deux heures de spectacle, Raven aurait dû se sentir épuisée. Mais elle était en pleine forme. Elle était déjà revenue pour trois rappels mais la foule en redemandait, hurlant son nom à tue-tête. Comme elle hésitait, Brandon lui prit doucement le poignet.

— Si tu y retournes, ils vont continuer toute la nuit, lui dit-il.

Il sentait le pouls de la jeune femme battre la chamade sous ses doigts. Après un tel triomphe, elle devait être dans un état second, songea-t-il. Mais il savait quelle énergie elle avait dû dépenser pendant ces deux heures et il l'entraîna avec fermeté jusqu'à sa loge.

Dans le couloir qui y conduisait se pressaient des dizaines de techniciens et d'amis qui la félicitèrent et l'applaudirent. Quelques journalistes lui posèrent

des questions auxquelles elle répondit mécanique-
ment, comme dans un rêve.

Enfin, ils se retrouvèrent seuls dans la loge et
Brandon referma la porte à clé derrière eux.

— Je crois qu'ils ont aimé, déclara-t-elle gravement.

Puis elle se mit à sautiller sur place.

— Oh, je me sens si bien !

Elle avisa alors la bouteille de champagne qui
se trouvait sur la coiffeuse.

— On dirait que tu as pensé à tout.

— Je me suis dit qu'après un tel bide tu aurais
besoin de te remonter le moral, plaisanta Brandon.

Il ôta le fil de fer et fit sauter le bouchon.

— Quand tu devras affronter les gens qui se
pressent dehors, tâche de ne pas avoir l'air trop
déçue, ajouta-t-il en remplissant leurs flûtes.

— Je ferai mon possible.

Ils trinquèrent en silence et portèrent leurs verres
à leurs lèvres sans se quitter des yeux.

— Je le pensais vraiment, tu sais, dit enfin
Brandon. Tu n'as jamais été aussi bonne que ce soir.

Raven reposa sa flûte après avoir bu une gorgée
symbolique. Brandon l'imita et s'approcha d'elle.

— Je crois que nous avons laissé quelque chose
en suspens, tout à l'heure, murmura-t-il.

Avant même qu'elle n'ait eu le temps de comprendre
ce qu'il s'apprêtait à faire, il la prit dans ses bras
et posa ses lèvres sur les siennes. Sa bouche était
brûlante et sa langue avait le goût du champagne.

Incapable de résister, elle lui rendit son baiser et elle sentit aussitôt monter son désir.

Encouragé par sa réaction, il laissa ses mains courir sur la tenue de cuir qui moulait sa silhouette, épousant chaque forme de son corps. Il comprit alors combien il avait besoin d'elle, combien elle lui avait manqué et combien il souffrirait s'il venait à la perdre de nouveau.

Raven ne parvenait pas à maîtriser la vague de chaleur qui déferlait en elle et envahissait chacun de ses membres. L'euphorie qu'elle avait ressentie durant le concert se mêlait à l'envie qu'elle avait de Brandon pour former un cocktail explosif qui menaçait de lui faire perdre toute raison.

Lorsqu'ils avaient chanté ensemble, elle avait eu l'impression de se retrouver projetée des années en arrière, à l'époque où elle l'aimait de façon inconditionnelle, où elle aurait tout abandonné pour le suivre à l'autre bout du monde.

Mais elle savait que les choses n'étaient pas aussi simples. On ne pouvait effacer d'une étreinte passionnée la douleur d'une rupture et cinq ans de séparation. Et, tant qu'elle ne serait pas certaine de pouvoir faire confiance à Brandon, elle ne pouvait courir le risque de lui offrir une fois de plus les clés de son cœur.

Faisant appel à toute la force de sa volonté, elle mit donc fin à leur baiser et le repoussa doucement mais fermement. Cette fois, il ne chercha pas à résister et recula.

— Tu es belle, Raven, murmura-t-il. Probablement l'une des plus belles femmes que je connaisse…

— Seulement l'une des plus belles ? dit-elle d'un ton offusqué.

— Je connais beaucoup de femmes, tu sais, répliqua-t-il en riant. Pourquoi n'enlèves-tu pas tout ce maquillage pour que je puisse te voir telle que tu es vraiment ?

— Sais-tu combien de temps ma maquilleuse a mis à me l'appliquer ? C'est censé me rendre plus sexy et plus séduisante.

— Tu me rends nerveux lorsque tu es sexy, répondit Brandon en souriant. Et tu resterais séduisante même si ton visage était couvert de boue.

— On dirait bien un compliment, remarqua-t-elle en commençant à se démaquiller.

Il la regarda faire, admirant sa silhouette moulée de cuir.

— Tu sais, Brandon, lui dit-elle enfin, j'étais heureuse de chanter avec toi, ce soir.

Elle ôta les dernières traces de fond de teint et se tourna vers lui, le regardant droit dans les yeux.

— J'ai toujours trouvé qu'il se passait quelque chose de magique quand nous chantions ensemble, reprit-elle. Et je le pense toujours.

Il la vit mordiller sa lèvre inférieure comme si elle hésitait à poursuivre.

— Je me demande ce qu'en penseront les journalistes. Ils risquent de se faire des idées à notre sujet. Surtout vu la façon dont nous avons conclu notre prestation…

— J'ai trouvé cette fin très bien, déclara-t-il en posant doucement ses mains sur les épaules de la jeune femme. Et je pense que nous devrions toujours terminer de cette façon.

Il déposa un chaste petit baiser sur sa bouche. Mais, alors qu'elle s'attendait à le voir reculer, il mordilla doucement sa lèvre inférieure, la faisant frissonner des pieds à la tête. Lorsqu'il s'écarta enfin, il souriait d'un air satisfait.

— Tu devrais peut-être te changer avant que tout le monde ne débarque. Sinon, cette tenue risque de faire tourner quelques têtes…

Raven le regarda attentivement, se demandant ce qu'il pouvait bien avoir en tête. Lorsqu'il l'avait mordue, elle avait eu l'impression de passer une sorte de test. Et, curieusement, il paraissait satisfait du résultat.

Sans doute avait-il voulu s'assurer qu'elle le désirait, songea-t-elle. Mais, dans ce cas, pourquoi n'avait-il pas cherché à pousser son avantage ? La réponse à cette question ne tarda pas à s'imposer à elle : il aurait des semaines entières pour le faire lorsqu'ils seraient dans les Cornouailles.

Cette idée lui arracha un nouveau frisson, d'angoisse cette fois. Car elle savait déjà que, tôt ou tard, elle finirait par lui céder.

Chapitre 8

Il était très tard lorsqu'ils arrivèrent enfin à l'aéroport mais Raven vibrait toujours de l'énergie qu'elle avait accumulée au cours du concert. Elle ne cessait de parler, formulant toutes les pensées qui lui passaient par la tête. La limousine s'engagea sur le tarmac et les déposa devant le jet privé de Brandon.

Ils montèrent à bord et Raven admira le luxe du décor. Un épais tapis d'un rouge profond recouvrait le sol de la cabine principale. Elle était meublée d'un confortable canapé et de sièges en cuir. Il y avait aussi un bar abondamment garni.

La porte qui s'ouvrait dans la paroi du fond menait à un couloir qui desservait une petite cuisine et une chambre à coucher munie d'une salle de bains. Celle-ci contenait même une baignoire.

— Cet avion est génial ! s'exclama-t-elle avec enthousiasme. Un vrai petit hôtel volant !

— Oui. Je l'ai acheté il y a trois ans, déclara Brandon en s'installant sur le canapé.

Il suivit la jeune femme des yeux tandis qu'elle explorait les lieux. Elle s'était démaquillée et avait troqué sa tenue de scène contre un jean, un vieux

T-shirt et une paire de baskets. Elle paraissait très différente de la star qu'il avait vue sur scène, quelques heures auparavant.

Mais il la trouvait plus belle encore car moins artificielle et inabordable.

— Tu détestes toujours voler ? lui demanda-t-il.

— Oui. C'est ridicule ! Après tout ce temps, j'aurais dû finir par m'habituer…

Elle continuait à aller et venir, incapable de se tenir tranquille. A la voir, on avait du mal à imaginer qu'elle sortait de deux heures de concert. En fait, elle avait probablement encore assez d'énergie pour chanter deux heures de plus…

— Installe-toi et accroche ta ceinture, lui recommanda Brandon, amusé. Nous n'allons pas tarder à décoller. Je suis sûr que tu ne t'en apercevras même pas.

— Tu ne peux pas savoir combien de fois on a essayé de me rassurer en me racontant de telles sornettes ! s'exclama-t-elle.

Pourtant, elle prit place sur l'un des sièges en cuir. Quelques minutes plus tard, ils étaient dans les airs et elle put se lever de nouveau et reprendre ses déambulations.

— Je connais cette sensation, affirma Brandon en souriant.

Elle lui jeta un regard interrogateur et il hocha la tête.

— C'est comme si l'on s'était branché sur un gigantesque générateur, expliqua-t-il. La foule nous donne une énergie incroyable et il faut des heures pour recouvrer un semblant de normalité… C'est exactement ce que je ressentais à Las Vegas, le soir où je t'ai appelée.

— J'ai vraiment l'impression que je pourrais courir un marathon. C'est peut-être ce que j'aurais dû faire avant de monter à bord, d'ailleurs. Ça m'aurait calmée…

— Que dirais-tu d'une tisane ?

— Avec plaisir, répondit Raven.

Elle s'approcha de l'un des hublots et colla son nez à la vitre pour tenter de voir ce qu'il y avait au-dehors. Mais il faisait nuit noire et elle ne distingua pas même les étoiles.

— Après la tisane, tu n'auras qu'à me parler de tes idées pour la bande originale. Je suis sûre que tu en as déjà des tas !

— Quelques-unes, acquiesça Brandon en branchant la bouilloire qu'il venait de remplir d'eau.

Il sortit deux tasses et deux sachets de tisane.

— A ton avis, combien de temps nous faudra-t-il pour en venir aux mains ? lui demanda-t-elle.

— Pas longtemps, c'est certain… Mais attendons au moins d'être arrivés dans les Cornouailles. Est-ce que les problèmes que tu avais à Los Angeles sont résolus ?

Une ombre passa sur le visage de Raven. Elle repensa à la brève visite qu'elle avait rendue à sa mère, juste avant de commencer sa tournée. Sa mère s'était excusée pour sa fugue, avait promis de ne pas recommencer. Toutes deux avaient pleuré et, comme chaque fois, Raven s'était reprise à croire que tout finirait par s'arranger.

— Je ne sais pas s'ils seront jamais complètement résolus, soupira-t-elle enfin.

— Peux-tu au moins me dire ce dont il s'agit ?

Raven secoua la tête. Elle refusait de gâcher le bonheur de cette soirée. Brandon hocha la tête et se détourna pour remplir leurs tasses. Lorsqu'il revint dans le salon, Raven s'était installée sur le canapé. Lentement, elle sentait refluer son surcroît d'énergie.

Elle ferma les yeux et laissa sa tête reposer contre le dossier du sofa. Brandon la regarda en silence. Lorsqu'elle rouvrit les paupières, elle avisa la flamme étrange qui brillait dans son regard.

— A quoi penses-tu ? demanda-t-elle.

— Je me souviens…

— Ce n'est pas une bonne idée !

— Tu ne peux quand même pas m'empêcher de me rappeler ce que nous étions autrefois, protesta-t-il.

Raven haussa les épaules et détourna les yeux.

Brandon prit alors conscience qu'elle ne lui faisait toujours pas confiance. Peut-être ne lui avait-elle d'ailleurs jamais fait confiance… Raven avait toujours paru flotter au-dessus de l'existence, n'attendant rien des autres et ne se livrant jamais complètement.

— Je te désire toujours, murmura-t-il. Tu le sais, n'est-ce pas ?

Raven garda longuement le silence avant de lui répondre. Lorsqu'elle parla, sa voix était étrangement calme et détachée.

— Nous allons devoir travailler ensemble, Brandon, lui dit-elle. Mieux vaut ne pas compliquer les choses.

Brandon éclata de rire. Il ne cherchait pas à se moquer d'elle mais trouvait simplement cette remarque absurde.

— Crois-tu vraiment que les choses puissent être simples entre nous, Raven ? lui demanda-t-il gravement.

Posant sa tasse sur la table basse, il la rejoignit sur le canapé et s'assit à côté d'elle. Immédiatement, il la sentit se raidir.

— Détends-toi, lui dit-il en l'attirant contre lui. Je sais que tu es fatiguée et je n'essaierai pas d'abuser de la situation…

Après une infime hésitation, elle posa sa tête sur ses genoux et ferma les yeux. Il ne lui fallut que quelques instants pour sombrer dans un profond sommeil.

— Quand vas-tu te décider à me faire confiance ? murmura Brandon en caressant doucement ses longs cheveux noirs. Que dois-je faire pour te convaincre ?

Pendant un long moment, il la regarda dormir, fasciné. Il ne parvenait pas à se rassasier de la vue de son visage délicat, de ses lèvres rouges, de ses longs cils qui effleuraient ses joues…

Finalement, lorsque le désir qu'il avait d'elle rendit sa position terriblement inconfortable, il se leva doucement, prenant soin de ne pas la réveiller, et alla éteindre le plafonnier.

Dans le noir, il alluma une cigarette et s'installa sur l'un des fauteuils de cuir. Ils volaient à présent au-dessus des nuages et les étoiles avaient fait leur apparition. Pendant ce qui lui sembla une éternité, il les contempla, comme s'il cherchait les réponses aux questions qui se pressaient dans son esprit.

Brandon s'éveilla en sursaut. Il était toujours assis dans le fauteuil dans lequel il s'était endormi. Par le hublot, il vit que le soleil commençait tout juste à se lever. Lentement, il s'étira et chassa les courbatures qui nouaient les muscles de son dos et de ses épaules.

Raven dormait à poings fermés. Lentement, il s'approcha d'elle et s'agenouilla à son côté pour la contempler. Elle paraissait si paisible, en cet instant, si détendue, si offerte.

Du bout des doigts, il écarta une mèche de cheveux noirs qui retombait sur son beau visage de fée. Il aurait été si tentant de profiter de ce moment d'abandon pour éveiller son désir. Brandon savait qu'il aurait suffi de quelques caresses. Il se rappelait exactement ce qu'elle aimait, ce qui la rendrait folle…

Mais il résista à la tentation. Il la voulait plus que tout au monde mais pas de cette façon. Lorsqu'elle se donnerait à lui, il voulait que ce soit de son plein gré, parce qu'elle en avait vraiment envie et non parce qu'il l'avait acculée à lui donner ce dont il rêvait à chaque instant.

Dans son sommeil, elle poussa un petit soupir et il sentit un frisson le parcourir. A contrecœur, il se redressa et se dirigea vers la cuisine. Là, il commença à préparer du café. Un coup d'œil à sa montre et un rapide calcul mental lui apprirent qu'ils ne tarderaient pas à atterrir.

Ensuite, le trajet jusqu'en Cornouailles prendrait plusieurs heures et ils pourraient s'arrêter en route pour prendre un bon petit déjeuner dans une petite auberge qu'il connaissait sur le chemin.

Il entendit alors Raven bouger et revint dans la cabine. Elle grogna et se retourna, essayant vainement de ramener sur elle une couverture imaginaire. Elle tâtonna à la recherche d'un oreiller absent et rencontra le dossier du canapé.

Ouvrant les yeux, elle regarda autour d'elle d'un air un peu désorienté. Puis, lentement, elle parut se souvenir de l'endroit où elle se trouvait.

— Bonjour, lui dit-il.

Raven tourna son regard vers Brandon et vit qu'il lui souriait. Elle n'était pas du matin et avait horreur des gens qui étaient en forme dès qu'ils ouvraient les yeux.

— Café, grogna-t-elle avant de refermer ses paupières.

— Il sera prêt dans une minute, annonça Brandon d'un ton jovial. Tu as bien dormi ?

Passant la main dans ses cheveux emmêlés, Raven fit un effort méritoire pour se redresser. Aveuglée par la clarté du petit matin, elle pressa ses paumes sur ses yeux.

— Je ne sais pas encore, marmonna-t-elle. Repose-moi la question plus tard.

Brandon hocha la tête et disparut dans la cuisine. Raven l'entendait lui parler mais elle n'était pas en état d'écouter ce qu'il pouvait bien lui dire. Elle ne fit même pas l'effort de répondre.

— Tiens, mon ange, lui dit Brandon en lui apportant une tasse de café fumant. Bois, tu te sentiras mieux après.

Elle accepta et murmura un remerciement. Il s'assit à son côté et l'observa en souriant.

— Ne t'en fais pas, j'ai un frère qui n'est pas du matin, lui non plus. Je suppose que c'est une question de métabolisme…

Raven émit un grognement vague et avala une gorgée de café. Il était chaud et très fort. Pendant quelques instants, ils burent en silence. Lorsque sa tasse fut à moitié vide, la jeune femme se tourna vers son compagnon et lui décocha un sourire embrumé.

— Je suis désolée, Brandon. Je ne suis jamais très en forme au réveil. Surtout lorsqu'il est si tôt…

Elle regarda sa montre, tenta vainement de

calculer depuis combien de temps ils volaient et renonça.

— Je pense qu'il me faudra bien une journée pour récupérer du décalage horaire, soupira-t-elle.

— Je suis certain qu'un bon repas te remettra sur pied, lui assura Brandon.

Raven reposa sa tasse et s'étira langoureusement.

— Je ne suis pas de très bonne compagnie, remarqua-t-elle, sentant son énergie lui revenir peu à peu.

— Tu étais fatiguée. Après le mois que tu viens de passer, cela n'a vraiment rien d'étonnant, répondit Brandon en observant chacun de ses mouvements avec un mélange d'envie et d'admiration qu'il avait beaucoup de mal à dissimuler.

Finalement, incapable de supporter cette tentation plus longtemps, il regagna la cuisine pour se resservir une tasse de café.

A l'aéroport de Bristol, une voiture les attendait et, après avoir pris congé du pilote qui les avait aidés à porter leurs valises, Brandon s'installa au volant. Quelques minutes plus tard, ils s'engagèrent sur la M5 qui conduisait vers le sud. Ils roulèrent jusqu'à Exeter où ils s'arrêtèrent pour prendre leur petit déjeuner dans une vieille auberge que Raven ne put s'empêcher de trouver terriblement romantique.

Bien sûr, elle savait qu'elle ne devait pas laisser cette escapade en Angleterre la détourner des bonnes résolutions qu'elle avait prises en quittant Los Angeles. Mais cela devenait réellement de plus en plus difficile.

Il y avait d'abord eu cette chanson qu'ils avaient interprétée ensemble avant de s'embrasser devant des centaines de spectateurs et des dizaines de journalistes. Puis cet autre baiser, dans sa loge, qui avait bien failli lui faire perdre le contrôle d'elle-même.

Maintenant, ils s'enfonçaient dans la campagne anglaise où ils s'apprêtaient à s'isoler pendant plusieurs semaines. Et Brandon ne lui facilitait guère les choses. Il se montrait plus charmant qu'il ne l'avait jamais été, redoublant d'attentions à son égard sans jamais se faire pressant.

S'il s'était agi de quelqu'un d'autre, Raven n'aurait sans doute pas résisté à une telle combinaison. Elle se serait laissé séduire sans hésiter. Mais que se passerait-il si Brandon et elle renouaient leur liaison interrompue cinq ans plus tôt, comme il en avait visiblement l'intention ? Qu'est-ce qui lui garantirait qu'il ne l'abandonnerait pas de nouveau ?

Elle avait souffert le martyre, la première fois, et n'était pas certaine d'avoir la force d'affronter de nouveau un tel déchirement. Car elle savait maintenant avec certitude qu'elle l'aimait toujours, qu'elle n'avait jamais cessé de l'aimer. Et cela lui donnait sur elle un ascendant terrifiant.

Elle décida donc de se montrer prudente, de ne pas céder à ses avances, quelle que soit la tentation qu'elle avait de le faire. Mais, au fond d'elle-même, elle savait bien que s'il insistait vraiment elle finirait par rendre les armes.

Et cela la terrifiait...

En sortant d'Exeter, ils prirent l'A30 qui les mena dans les Cornouailles. Raven tomba instantanément amoureuse des paysages de cette région idyllique. Ici, il n'était pas difficile de se croire revenu au temps du roi Arthur et de ses preux chevaliers.

Elle pouvait presque entendre le cliquetis de leurs armures, le fracas de leurs épées et le galop de leurs chevaux. A tout moment, elle s'attendait à voir surgir Merlin l'enchanteur, la reine Guenièvre ou la fée Morgane.

C'était le début du printemps, et les premiers bourgeons faisaient leur apparition sur la lande. L'air était frais et vivifiant et la jeune femme percevait un parfum de renouveau, comme si la terre s'éveillait après son long sommeil hivernal.

Par endroits, on apercevait même quelques fleurs qui coloraient de taches roses les vastes étendues d'un vert profond. La plupart des maisons étaient de vieux cottages typiques. Leurs jardins soigneusement entretenus étaient parés de massifs de jonquilles et de jacinthes. Puis ils parvinrent en vue de la mer et commencèrent à longer de magnifiques falaises.

— A quoi ressemble ta maison, Brandon ?

demanda-t-elle soudain. Tu ne m'en as toujours pas parlé…

— Au point où nous en sommes, je crois qu'il vaut mieux que je te laisse la découvrir toi-même, répondit-il. Nous y serons dans peu de temps.

— Tu veux me faire une surprise ou tu as peur de me révéler que la toiture est percée et qu'il pleut à l'intérieur ? ironisa la jeune femme.

— Rassure-toi, les Pengalley veillent sur la maison quand je n'y suis pas et je suis certain qu'ils ne laisseraient jamais une chose pareille se produire.

— Qui sont-ils ? demanda Raven, curieuse.

— Les gardiens. Ils possèdent un cottage à moins de deux kilomètres de là et passent régulièrement pour s'assurer que tout est en ordre. Mme Pengalley fait un brin de ménage de temps en temps et son mari jardine et fait les réparations nécessaires.

— Pengalley, répéta Raven. C'est un drôle de nom…

— C'est typique des Cornouailles.

— Laisse-moi imaginer. Elle est petite, bien en chair sans être grosse, solidement bâtie avec des cheveux très noirs qu'elle porte toujours en chignon et une mine sévère. Lui est plus mince et ses cheveux commencent à grisonner. Il tâte un peu de la bouteille et est persuadé qu'elle ne s'en rend pas compte…

Brandon secoua la tête d'un air interdit.

— Comment diable fais-tu ça ? s'exclama-t-il, stupéfait.

— C'est dans l'ordre des choses, répondit Raven en riant. Tous les romans gothiques qui se déroulent dans les Cornouailles contiennent des personnages de ce genre ! As-tu d'autres voisins, à part eux ?

— Personne dans les environs immédiats. C'est l'une des raisons pour lesquelles j'ai acheté cet endroit.

— Tu es devenu sauvage ? s'étonna-t-elle.

— Disons plutôt qu'il s'agit d'un instinct de survie. Parfois, il faut que je m'isole un peu si je ne veux pas devenir fou. Ensuite, je peux retourner faire la fête et voir des centaines de gens avec plaisir... Mais je dois venir me ressourcer de temps en temps.

Il se rendit compte que Raven l'observait avec curiosité et haussa les épaules.

— Je te l'ai dit, je me suis adouci avec l'âge.

— C'est vrai, acquiesça-t-elle.

Toujours pensive, elle attacha ses cheveux en queue-de-cheval.

— Pourtant, tu continues à produire énormément. Sur le double album de l'année dernière, il n'y avait que deux reprises. Toutes les autres chansons étaient de toi. Sans compter celles que tu as écrites pour Cal Ripley. C'étaient les meilleures de son disque, à mon avis...

— Tu le penses vraiment ?

— Bien sûr. D'ailleurs, je suis certaine que tu le sais.

— Eh bien… C'est vrai que je le pensais. Maintenant, j'en suis sûr.

— Je n'ai pas abordé le sujet pour te passer de la pommade, fit Raven, moqueuse. Ce que je voulais dire, c'est que pour quelqu'un qui est soi-disant rangé tu es étonnamment productif.

— Les deux sont liés, expliqua Brandon. La plupart de ce que j'écris voit le jour dans les Cornouailles ou dans ma maison en Irlande. Plus ici que là-bas d'ailleurs, parce que je ne suis pas dérangé par les visites des membres de ma famille.

— Je pensais que tu vivais essentiellement à Londres et à New York.

— Le plus souvent, oui… Mais je m'échappe dès que j'en ai l'occasion. J'ai de la famille dans ces deux villes aussi.

— Je n'avais jamais imaginé que les grandes familles puissent constituer un inconvénient, déclara Raven.

Quelque chose dans sa voix éveilla la curiosité de Brandon mais, lorsqu'il jeta un coup d'œil dans sa direction, il constata qu'elle avait détourné la tête et affectait de contempler le paysage par la fenêtre.

Il n'insista pas, sachant par expérience que la famille était chez elle un sujet tabou. Autrefois, il avait essayé de l'interroger à plusieurs reprises mais elle avait toujours esquivé ses questions.

Il savait juste qu'elle était fille unique et avait

quitté le domicile de ses parents à l'âge de dix-huit ans. Par curiosité, il avait questionné Julie. Celle-ci savait absolument tout de Raven, il en était certain. Mais elle avait refusé de lui répondre.

C'était l'un des nombreux mystères qui avaient attiré et fasciné Brandon avant d'éveiller en lui une certaine frustration.

— En tout cas, reprit-il, nous ne serons ennuyés ni par ma famille ni par les voisins. Mme Pengalley n'éprouve aucune sympathie pour les gens qui travaillent dans le show-business et elle gardera ses distances.

— Dois-je en déduire que tu invites souvent des gens dans cette maison ? demanda Raven, curieuse.

— Très rarement. Et jamais pour le genre de fêtes que j'organisais autrefois... Mais M. Pengalley m'a expliqué très sérieusement que sa femme connaissait bien les acteurs et les actrices parce qu'elle lisait régulièrement les journaux people. D'après elle, les musiciens, et surtout les rockers, sont les pires...

Raven éclata de rire.

— Je suppose qu'elle va imaginer des choses épouvantables en nous voyant arriver, remarqua-t-elle.

— De quel genre ?

— Que toi et moi avons une liaison secrète, torride et passionnée au fin fond de la lande !

— Je peux imaginer bien des choses pires que

cela, rétorqua Brandon. En fait, je dois même reconnaître que l'idée me paraît plutôt tentante…

Raven détourna les yeux en rougissant.

— Tu vois très bien ce que je veux dire, protesta-t-elle.

Il lui prit la main et la serra dans la sienne.

— Je n'en suis pas sûr, murmura-t-il. Est-ce que tu as tellement peur d'être considérée comme une femme indigne ?

Raven éclata de rire.

— Eh ! protesta-t-elle. Moi aussi, je suis musicienne de rock, je te rappelle ! Aux yeux de la plupart des gens, cela fait de moi une femme indigne. Et les journalistes prennent un malin plaisir à entretenir la légende. L'un d'eux a prétendu que j'appartenais à une secte luciférienne. Et je ne te parle pas des nombreuses histoires d'amour que l'on me prête avec des gens que je n'ai même jamais rencontrés…

— Cela fait partie du statut de rock-star. Nous sommes censés être dotés de libidos surdimensionnées.

— C'est bien l'impression que j'ai en lisant les articles te concernant, acquiesça Raven avec une pointe d'ironie.

Brandon hocha la tête.

— C'est vrai, approuva-t-il. L'année dernière, j'ai appris qu'un bookmaker avait lancé un pari sur le nombre de femmes avec lesquelles je sortirais durant les trois mois à venir.

— A combien se montait le chiffre maximum ? demanda la jeune femme.

— A vingt-sept.

Elle éclata de rire avant de prendre conscience qu'au fond il était bien capable de l'avoir atteint.

— Je ferais peut-être mieux de ne pas te demander quel a été le chiffre réel…

— Cela m'évitera d'avoir à mentir, répondit-il en souriant.

Quelques minutes plus tard, il s'engagea sur un chemin de gravillon qui menait à la maison. Dès qu'elle la vit, Raven fut conquise. C'était un vieux cottage en pierre avec de beaux volets verts et plusieurs cheminées qui pointaient fièrement vers le ciel.

L'endroit était accueillant et, rien qu'à le regarder, Raven n'avait aucun mal à s'y voir passer de longues soirées d'hiver au coin du feu.

— Oh, Brandon ! C'est superbe… Je n'aurais jamais imaginé que tu choisirais quelque chose d'aussi charmant…

Avant qu'il ait eu le temps de lui répondre, elle sauta de la voiture et contourna la maison pour découvrir avec ravissement qu'elle se dressait au bord d'une falaise qui dominait la mer.

L'océan s'étendait à perte de vue et le doux bruit du ressac ajoutait à la magie des lieux. En contrebas, les vagues déferlaient dans une grotte naturelle d'où elles étaient expulsées avec force, formant un geyser impressionnant. Les embruns qu'il soulevait s'élevaient jusqu'au sommet de la falaise, couvrant la jeune femme d'une petite bruine salée.

Elle fit le tour de la maison, admirant les murs sur lesquels courait un réseau de vigne vierge. Dans le vaste jardin, elle aperçut des massifs de roses sauvages et de chèvrefeuille. Ils n'étaient pas encore en fleurs mais elle se prit à imaginer l'odeur qu'ils devaient répandre en été. Il y avait aussi un petit banc installé à l'ombre d'un pommier.

— Je pense que tu aimeras l'intérieur, lui dit Brandon lorsqu'il la rejoignit. Et je te rassure, c'est beaucoup plus sec…

— On se croirait vraiment dans *les Hauts de Hurlevent*, déclara Raven avec enthousiasme.

— Si tu le dis… En tout cas, moi, ce qu'il me faut, c'est un bon bain brûlant et une tasse de thé !

— Excellente idée ! s'exclama joyeusement Raven. Sais-tu s'il y aura des scones ? J'ai découvert ça lors de ma tournée en Angleterre, il y a deux ans, et j'en suis tombée amoureuse.

— Il faudra que tu demandes à Mme Pengalley, répondit Brandon en la prenant par la main pour l'entraîner vers la porte d'entrée.

Avant même qu'ils y parviennent, elle s'ouvrit sur Mme Pengalley. Celle-ci correspondait étonnamment bien à la description qu'avait improvisée Raven. Elle était grande et solidement bâtie avec le chignon de cheveux noirs de rigueur.

Ses yeux sombres s'attardèrent alternativement

sur les vêtements et les cheveux trempés de Raven avant de se poser sur Brandon.

— Bonjour, monsieur Carstairs, lui dit-elle avec un fort accent de Cornouailles.

— Bonjour à vous, madame Pengalley. Je suis heureux de vous revoir. Laissez-moi vous présenter Mlle Williams qui séjournera en ma compagnie.

— Sa chambre est prête, déclara sa gardienne avant d'adresser un petit signe de tête à Raven. Bonjour, mademoiselle Williams.

— Bonjour, madame Pengalley, répondit Raven, un peu intimidée par son apparente sévérité. J'espère que ma venue ne vous a pas causé de soucis supplémentaires...

— Ne vous en faites pas, il n'y avait pas grand-chose à faire, lui assura Mme Pengalley avant de se tourner de nouveau vers Brandon. Toutes les cheminées sont prêtes et le garde-manger est rempli, comme vous me l'aviez demandé. Je vous ai préparé une cassolette pour ce soir. Vous n'aurez qu'à la faire réchauffer à feu doux quand vous en aurez envie. Mon époux a rentré une bonne réserve de bois au cellier car les nuits sont encore fraîches et humides. Il s'occupera aussi de vos valises.

— Merci beaucoup, dit Brandon. Nous avons tous deux besoin d'un bon bain et d'une tasse de thé chaud. Veux-tu quelque chose en particulier, Raven ?

— Non, merci, répondit la jeune femme en souriant à Mme Pengalley.

— Très bien, fit celle-ci avant de disparaître à l'intérieur. Je vais donc préparer votre thé.

Brandon pénétra dans la maison, suivi de Raven. Lorsqu'elle avisa la salle dans laquelle ils venaient d'entrer, elle ouvrit de grands yeux.

— Décidément, murmura-t-elle, tu ne cesses de m'impressionner.

— Tant mieux, répondit-il en souriant.

Raven ne souffla mot mais commença à faire le tour du salon où ils passeraient probablement le plus clair de leur temps durant les semaines à venir. Il occupait une bonne partie du rez-de-chaussée de la maison. Le plancher de chêne était recouvert de quelques tapis disposés çà et là.

Les lourds rideaux couleur crème adoucissaient l'aspect austère des murs de pierre. Deux confortables canapés couleur miel et plusieurs tables basses étaient disposés autour de la cheminée dans laquelle brûlait un feu qui crépitait joyeusement. Une table de bois sombre entourée de six chaises de style médiéval occupait une partie de la pièce tandis que l'autre était occupée par un superbe piano à queue près duquel étaient disposées plusieurs guitares électriques et acoustiques.

Se rapprochant de la cheminée, la jeune femme contempla les photographies qui y étaient disposées. Elle comprit aussitôt qu'il s'agissait de la famille de Brandon. Elle avisa un adolescent vêtu d'une veste en cuir qui lui ressemblait beaucoup, avec des cheveux plus raides et plus courts. Il arborait le même sourire ironique et décontracté.

Il y avait une femme d'une grande beauté qui devait être âgée de vingt-cinq ans et avait de longs cheveux blond cendré et des yeux verts. Ce devait être l'une des sœurs de Brandon, songea-t-elle. Elle la retrouva sur un autre cliché, auprès d'un homme blond lui aussi. Mais les deux enfants qui les entouraient étaient bruns et avaient le regard malicieux de leur oncle.

Pendant quelque temps, elle s'attarda sur la photographie des parents de Brandon. Son père était mince et nerveux, comme ses cinq enfants, et avait les cheveux blonds. Sa mère était très brune. Tous deux posaient dans une tenue élégante et arboraient de radieux sourires. Dans les yeux de la femme, elle vit briller une lueur fière et décidée qui dénotait un caractère bien trempé.

Il y avait plusieurs autres clichés, principalement des photos de famille et des portraits. Brandon figurait sur plusieurs d'entre eux. Chaque fois, il paraissait détendu et heureux, et elle ne put s'empêcher de sentir monter en elle une pointe de jalousie en comparant mentalement sa famille à la sienne.

Ecartant cette mauvaise pensée, elle se tourna vers lui et sourit.

— Ils ont tous l'air très sympathique, déclara-t-elle. Et vous vous ressemblez vraiment beaucoup. Tu es le plus vieux des cinq enfants, n'est-ce pas ?

— Oui.

Il passa la main dans ses cheveux humides et se rapprocha d'elle.

— Laisse-moi te montrer ta chambre et tu pourras t'installer. Lorsque nous serons secs, je te ferai faire le tour du propriétaire.

Il passa affectueusement le bras autour des épaules de la jeune femme.

— Je suis heureux que tu aies accepté de venir, Raven. Tu sais que c'est la première fois que tu viens chez moi ?

Quelques minutes plus tard, tandis qu'elle barbotait dans la grande baignoire de sa salle de bains, la jeune femme repensa à ce que Brandon venait de lui dire. Comme tous les musiciens, elle passait la majeure partie de son temps à courir d'une ville à l'autre, d'une chambre d'hôtel anonyme à l'autre...

Au départ, elle n'y avait pas vraiment prêté attention, trouvant très excitante cette sensation de dépaysement continuel. Elle s'était sentie libre pour la première fois de sa vie, comme si plus rien ne la rattachait au passé.

Et puis, lentement, presque insidieusement, elle avait commencé à éprouver le besoin de disposer d'un point d'ancrage, d'un endroit où elle pourrait se retrouver et se ressourcer.

C'est alors qu'elle avait acheté sa villa à Los Angeles. Au fur et à mesure, elle en était venue à la considérer comme un port d'attache, un lieu privilégié, familier, rassurant... Il avait pris de plus en plus d'importance à ses yeux. Lorsqu'elle se sentait angoissée, perdue, il lui suffisait de fermer les yeux et de s'imaginer de retour dans sa salle de musique pour recouvrer un peu de calme.

Il devait en aller de même pour Brandon. Or, curieusement, lorsqu'ils vivaient ensemble, il n'avait jamais éprouvé le besoin de l'amener chez lui. D'une certaine façon, cela lui permit de comprendre ce qui leur avait manqué alors.

En la tenant à l'écart de sa maison, il la tenait à l'écart de son intimité, de ce qui était vraiment important à ses yeux. Il faisait de leur liaison une simple aventure qui n'empiétait pas sur son territoire. Il se protégeait.

C'était pour cette raison qu'il avait pu l'abandonner si facilement. Après avoir quitté Los Angeles, il lui avait probablement suffi de rentrer chez lui pour tourner la page, comme si elle avait fait partie de cette autre vie, celle dans laquelle ils étaient des stars du rock et portaient un masque.

Mais alors, pourquoi décidait-il de l'inviter aujourd'hui, alors qu'ils n'étaient plus rien l'un pour l'autre ?

Cette question la perturbait d'autant plus qu'en pénétrant dans cette maison elle n'avait eu aucun mal à s'y sentir chez elle. C'était peut-être simplement parce qu'il s'agissait d'une vieille maison et qu'elle lui offrait une rassurante illusion de continuité.

Ou bien à cause de l'endroit où elle se trouvait… Raven aimait la sensation d'espace qu'elle avait éprouvée en découvrant par la fenêtre de sa chambre la mer qui s'étendait à l'infini. Elle aimait le murmure complice du ressac et les cris des mouettes qui lui parlaient de liberté.

A regret, elle finit par quitter la baignoire et s'enroula dans un grand drap de bain. Elle sécha ses longs cheveux noirs avec une autre serviette et les laissa retomber librement sur ses épaules avant de regagner sa chambre.

M. Pengalley avait déposé sa valise sur un vieux coffre de marine qui trônait dans un coin de la pièce. Mais, au lieu de déballer ses affaires, elle gagna la fenêtre et contempla l'océan.

L'eau était aussi grise que le ciel, qui s'était rapidement couvert de nuages. Une pluie fine et régulière battait contre les carreaux et la scène emplit Raven d'un mélange de nostalgie et de calme. Elle avait vraiment l'impression de se trouver au bout du monde, suspendue entre ciel et mer, et cette sensation faisait monter en elle une profonde sérénité.

— Raven ? appela Brandon, de l'autre côté de la porte, avant de frapper doucement.

— Oui, entre !

Il ouvrit et pénétra dans la pièce.

— Je venais voir si tu étais prête à descendre.

— Dans une minute… Quelle vue magnifique ! J'ai l'impression que je pourrais rester assise à la regarder pendant des heures.

Brandon se rapprocha et plongea les mains dans les poches de son jean.

— Je ne savais pas que tu aimais autant la mer, dit-il.

— Je vis à Los Angeles, lui rappela-t-elle. Je ne peux jamais rester très longtemps loin de l'océan. Mais c'est la première fois que j'ai l'impression de me trouver juste au-dessus… Est-ce que ta maison en Irlande est située sur la côte, elle aussi ?

— Non. En fait, c'est une ancienne ferme. J'aimerais bien t'emmener là-bas. Il y a des collines verdoyantes constellées de moutons à perte de vue. C'est un endroit magnifique et étrangement apaisant…

— C'est la maison que tu préfères, n'est-ce pas ? demanda-t-elle. Tu vis à Londres et tu viens ici pour travailler mais cet endroit en Irlande est spécial.

Il lui sourit, étonné par sa perspicacité.

— C'est vrai. C'est peut-être à cause de mes origines… S'il n'y avait pas eu tant de Sweeney et de Hardesty dans la région et que nous avions pu y travailler tranquillement, c'est là que je t'aurais amenée. La famille de ma mère est adorable mais ils ont tendance à être un peu envahissants. Si nous avançons suffisamment vite, nous pourrions prendre quelques jours de vacances là-bas…

Raven hésita avant de hocher la tête.

— Oui, répondit-elle enfin. J'aimerais beaucoup ça.

Le sourire de Brandon s'élargit.

— Bien, dit-il. Et je tiens à dire que j'aime beaucoup ta tenue.

Surprise, Raven baissa les yeux et se rendit compte qu'elle ne portait toujours que sa serviette. Celle-ci avait légèrement glissé et formait à présent un décolleté un peu trop révélateur.

— Je suis désolée, lança-t-elle en remontant le drap de bain. Je ne m'étais pas rendu compte... Tu aurais pu me le dire avant.

— C'est ce que je viens de faire, répliqua-t-il malicieusement.

— Très drôle. Maintenant file, le temps que je m'habille.

— Est-ce vraiment nécessaire ? lui demanda-t-il d'un air déçu.

Se rapprochant d'elle, il déposa un petit baiser sur ses lèvres.

— Tu as encore un goût de sel, murmura-t-il avant de l'embrasser de nouveau, avec plus de passion cette fois.

Raven n'eut pas le courage de le repousser. Comment l'aurait-elle pu dans ce lieu si magique, alors que tout la poussait vers lui ? S'abandonnant, elle posa les mains sur ses épaules et lui rendit son baiser. Tandis que leurs langues se mêlaient, elle fut surprise par l'intensité de sa propre réaction.

Brandon ne la touchait même pas et elle avait pourtant l'impression de se consumer. Une douce chaleur naquit au creux de son ventre et se répandit dans chacun de ses membres. Son sang semblait se muer en lave et elle l'entendait gronder en elle par-dessus le bruit du ressac.

Lorsqu'il s'écarta légèrement d'elle, elle le contempla avec stupeur, tentant vainement de reprendre le contrôle de ses sens en émoi.

— J'ai envie de toi, Raven, murmura-t-il doucement.

L'espace d'un instant, elle fut tentée d'envoyer au diable toute prudence, de laisser glisser la serviette le long de son corps et de s'abandonner à ses caresses, de le laisser satisfaire cette faim qu'aucun homme à part lui n'avait pu rassasier.

Et après ? lui souffla une petite voix. Combien de temps s'écoulerait avant qu'il se lasse de nouveau ? Avant qu'il l'abandonne pour partir en quête de nouveaux horizons, de nouvelles conquêtes ?

Supporterait-elle cette désertion ? Elle en doutait. Même la musique ne suffirait pas à combler l'abîme qui s'ouvrirait en elle et finirait par l'avaler. Pouvait-elle vraiment se condamner à une vie de regrets amers pour un simple moment de faiblesse ?

— Je veux que tu sois sûre, reprit-il en plongeant ses yeux verts dans les siens.

Elle y lut une multitude de sentiments contradictoires : du désir, de la déception et de l'espoir.

— Mais je te préviens, ajouta-t-il d'une voix un peu rauque. Je n'ai pas l'intention de te faciliter les choses.

Il recula d'un pas et elle perçut dans son regard combien ce geste lui coûtait. Se pouvait-il qu'elle se soit méprise sur son compte ? se demanda-t-elle, le cœur battant à tout rompre. Attendait-il d'elle autre chose qu'une simple étreinte torride ?

— Je t'attendrai en bas, lui dit-il. Mais je continue à penser que tu devrais garder ta serviette. Elle te va vraiment très bien...

Il se détourna et gagna la porte.

— Brandon...

— Oui ?

— Que se serait-il passé si j'avais dit oui ? lui demanda-t-elle, sentant refluer lentement le désir et la tension nerveuse qui l'habitait. M'aurais-tu vraiment fait l'amour alors que Mme Pengalley se trouve au rez-de-chaussée ?

— Raven, si tu avais dit oui, rien n'aurait pu m'arrêter. Pas même si toute la population des Cornouailles s'était donné rendez-vous en bas...

Sur ce, il sortit et referma doucement la porte derrière lui.

Chapitre 9

Raven et Brandon étaient tous deux très impatients de se mettre au travail. Ils commencèrent donc dès le lendemain de leur arrivée et ne tardèrent pas à trouver leurs marques. Brandon se levait de bonne heure et leur préparait un copieux petit déjeuner.

Raven descendait une heure plus tard et buvait un café. Puis ils se mettaient à l'œuvre jusqu'à midi. Mme Pengalley les rejoignait alors, apportant les courses qu'elle avait faites pour eux le matin même. Elle se chargeait des tâches domestiques tandis que Raven et Brandon allaient se promener.

La température était clémente et l'air se chargeait de vivifiantes odeurs printanières. Ils passaient des heures à explorer les petits sentiers qui longeaient la côte ou s'enfonçaient dans la lande, à l'intérieur des terres.

Plus elle découvrait les environs et plus Raven se sentait séduite. La région avait gardé un caractère sauvage et désolé mais elle recelait maintes richesses secrètes. Ce qui impressionnait le plus la jeune femme, c'étaient les falaises aux formes torturées sur lesquelles nichaient les oiseaux de mer.

Mais elle était également fascinée par les villages

typiques que Brandon lui faisait découvrir. La plupart étaient constitués de petits cottages de pierre couverts de lichen et regroupés autour de l'église. Chacun semblait posséder son pub, où ils s'arrêtaient souvent pour déjeuner.

En milieu d'après-midi, ils se remettaient au travail jusqu'à l'heure du dîner. Après le repas que leur avait concocté Mme Pengalley, ils discutaient de ce qu'ils avaient composé durant la journée.

Au bout de la première semaine, ils avaient déjà écrit le titre principal et posé les bases de l'ensemble de l'album. Cela ne s'était pas toujours fait dans l'entente et l'harmonie. Pour Raven comme pour Brandon, la musique était quelque chose de très personnel et une telle coopération n'allait pas sans difficulté.

Mais leurs discussions passionnées, loin de les conduire à des impasses, leur permettaient d'enrichir sans cesse leurs arrangements. Souvent, le résultat final dépassait les attentes de l'un comme de l'autre. Comme Brandon le lui avait affirmé, leurs talents étaient très complémentaires et ils formaient une excellente équipe.

Sur le plan émotionnel, les choses étaient un peu plus compliquées. Ils avaient tacitement décidé de se conduire en amis et Brandon n'avait plus jamais essayé de la séduire ouvertement. De temps en temps, cependant, elle sentait peser sur elle son regard empli d'un désir muet. Chaque fois, cela suffisait à éveiller le sien.

Le fait qu'il garde ses distances la déstabilisait plus sûrement que s'il lui avait fait des avances. Elle aurait pu alors les repousser et lui expliquer qu'une aventure compliquerait tout.

Mais il attendait patiemment qu'elle fasse le premier pas, qu'elle prenne l'initiative de leur rapprochement. Et sous leur apparente amitié, sous leurs plaisanteries complices, sous leurs désaccords professionnels perçait une tension silencieuse qui croissait de jour en jour.

Ce jour-là, l'après-midi paraissait se traîner en longueur. Une pluie battante avait empêché Raven et Brandon de sortir se promener et ils avaient décidé de continuer à travailler. Leur musique flottait dans la petite maison, s'élevant paresseusement jusqu'au grenier.

Ils avaient fait du feu pour chasser l'humidité qui filtrait à travers les fenêtres et s'étaient préparé une tasse de thé et des scones beurrés qu'ils grignotaient tout en discutant de leur dernière composition.

— Il faut accélérer le tempo, déclara Raven avec assurance. Sinon, cela ne marchera jamais…

— Mais c'est un thème amoureux, protesta Brandon.

— Justement ! Ce n'est pas une marche funéraire… Ça traîne et les gens vont s'endormir en plein milieu de la séquence.

— Personne ne s'endormira si Lauren Chase

est à l'écran ! La musique accentuera sa sensualité naturelle et les spectateurs seront béats.

— Peut-être, mais pas à ce rythme.

Raven pivota sur le tabouret du piano pour faire face à Brandon.

— Reprenons la scène…

— Je connais l'intrigue, Raven, soupira Brandon.

Elle ne releva pas, percevant la fatigue qui se lisait dans sa voix. Elle savait qu'il dormait peu. Plus d'une fois, elle s'était réveillée au beau milieu de la nuit et l'avait entendu jouer de la guitare.

— Le soir vient, reprit-elle. C'est un moment sensuel, torride, même. Il faut que la musique reflète cette tension.

— Mais elle est là ! s'exclama Brandon. Elle est contenue dans l'opposition entre la mélodie et les arrangements.

— Ce n'est pas suffisant, protesta Raven.

Elle émit un petit gémissement de frustration. D'ordinaire, Brandon n'avait pas son pareil pour percevoir ce genre de choses. Il était doué d'un instinct phénoménal pour associer la musique à des états émotionnels.

Mais, cette fois, elle était sûre d'elle. Son instinct de compositeur et de femme le lui criait. Lorsqu'ils avaient développé le thème du morceau, elle avait aussitôt compris à quelle vitesse il devait être joué pour être pleinement efficace.

— Laisse-moi te montrer ce que j'ai en tête, lui dit-elle.

Elle commença à interpréter la mélodie à un tempo plus rapide, remplaçant les arrangements par son chant. Brandon frissonna malgré lui, fasciné par la perfection de sa voix. Il avait l'impression d'écouter une sirène. C'était l'incarnation même de la tentation. Raven semblait lui promettre des caresses languides, des étreintes sauvages et des délices inconnus.

Brandon contemplait la jeune femme avec fascination, se perdant dans les volutes qu'elle développait sans effort. Chaque jour, il la désirait un peu plus. Elle hantait ses rêves et, pour échapper à son emprise, il passait des heures à jouer de la guitare en essayant de recouvrer un semblant de contrôle.

Chaque fois qu'il composait un morceau, il pensait à elle. Vivre à ses côtés sans pouvoir la toucher était sans aucun doute la plus délicieuse des tortures qu'il se soit jamais infligée. Et ce qu'elle chantait en cet instant paraissait matérialiser le mélange explosif de désir et de frustration qui le rongeait intérieurement.

Lorsqu'elle termina de jouer, elle se tourna vers lui et lui adressa un petit sourire interrogatif.

— Alors ? Qu'est-ce que tu en penses ?

— Je suppose qu'il faut bien que tu aies raison une fois de temps en temps, répondit-il d'une voix que son émotion rendait un peu rauque.

Raven éclata de rire et le contempla en secouant la tête d'un air incrédule.

— Toi, on peut dire que tu as le chic pour formuler

les compliments, s'exclama-t-elle joyeusement. Au moins, je ne risque pas d'attraper la grosse tête !

— D'accord, soupira-t-il, vaincu. C'est excellent… Infiniment mieux que ce que j'avais à l'esprit. Tu es contente ?

— Pas qu'un peu ! répliqua-t-elle.

Mais Brandon ne semblait pas partager son euphorie. Lentement, il posa sa guitare et se dirigea vers la cheminée, qu'il contempla d'un air sombre.

— Qu'est-ce qui ne va pas, Brandon ? lui demanda-t-elle, brusquement inquiète.

— Rien, éluda-t-il. Je suppose que je sature un peu…

— Cela ne m'étonne pas. Cette pluie qui n'arrête pas est passablement déprimante. Si tu veux, nous pouvons arrêter. Cela ne me dérange pas de passer une journée à ne rien faire. En fait, cela m'arrive souvent, lorsque je suis chez moi. C'est une de mes qualités, je crois : pouvoir être paresseuse sans me sentir coupable… J'ai vu que tu avais un très bel échiquier dans la bibliothèque. Tu n'as qu'à m'apprendre à jouer.

Quittant le tabouret du piano, elle se dirigea vers lui et posa doucement les mains sur ses épaules, qu'elle entreprit de masser délicatement.

— Je te préviens, reprit-elle, ça ne sera pas facile. Julie a essayé mais elle a très vite abandonné. Elle dit que je n'ai aucun sens de la stratégie…

Elle s'interrompit lorsque Brandon retira ses mains de ses épaules et se détourna brusquement.

Sans un mot, il gagna le placard où il rangeait ses alcools et se servit un bourbon qu'il avala d'un trait. Raven le regarda faire, interdite.

— Je ne crois pas avoir la patience de jouer, cet après-midi, déclara-t-il en se servant un second verre.

— Très bien, acquiesça-t-elle en s'avançant vers lui. Ne jouons pas, alors. Dis-moi plutôt pourquoi tu es en colère contre moi. Ce n'est quand même pas à cause de la chanson ?

Brandon la regarda droit dans les yeux pendant ce qui lui parut durer une éternité. Les seuls sons qu'elle entendait étaient le crépitement des bûches dans la cheminée et celui de la pluie contre les vitres.

— Peut-être est-il temps que nous parlions, déclara Brandon en baissant enfin les yeux sur son verre.

Il fit lentement tourner son bourbon avant de relever la tête.

— Il est dangereux de laisser certaines questions en suspens pendant cinq ans. Tôt ou tard, les réponses finissent par tomber et elles font encore plus mal…

Raven fut parcourue par un frisson mais elle soutint son regard.

— Tu as peut-être raison, acquiesça-t-elle.

— Veux-tu que nous en discutions de façon civilisée ou que nous réglions nos comptes sans concession ?

— Je n'ai jamais cru que les discussions civilisées réglaient quoi que ce soit.

— Très bien…

Il fut interrompu par la sonnette de la porte d'entrée. Reposant son verre, il alla répondre, laissant Raven seule. Elle comprit que l'orage qu'elle avait tout à la fois redouté et attendu était sur le point d'éclater. Pour des raisons qui lui échappaient encore, Brandon paraissait prêt à en découdre et elle était prête à lui rendre la monnaie de sa pièce.

La tension qui s'était accumulée entre eux sous couvert de musique et de promenades innocentes lui était brusquement devenue insupportable et elle avait hâte de mettre les choses au point.

Qui sait ? Elle apprendrait peut-être enfin pourquoi Brandon l'avait abandonnée, cinq ans auparavant...

Quelques instants plus tard, il revint dans la salle de musique et lui tendit un paquet.

— C'est pour toi. De la part de Henderson.

La jeune femme fronça les sourcils.

— Je me demande bien ce que cela peut être, murmura-t-elle en décachetant l'enveloppe matelassée.

Elle sortit les photographies qui se trouvaient à l'intérieur.

— Oh, bien sûr ! s'exclama-t-elle joyeusement. Ce sont les clichés qui illustreront la pochette de l'album.

Raven les tendit à Brandon qui commença à les regarder avec attention tandis qu'elle lisait le mot que Henderson avait joint à son envoi.

— Est-ce que tu vas vraiment utiliser cette photo ? demanda soudain Brandon.

Il lui tendit un cliché qui la représentait assise en tailleur. Elle regardait la caméra avec un sourire charmeur. Ses longs cheveux noirs retombaient sur elle, formant un contraste avec le fond et le sol uniformément blancs. Ils étaient disposés habilement de façon à suggérer sa nudité sans la dévoiler. L'impression d'ensemble était terriblement érotique.

— Evidemment, répondit-elle. J'ai vu toutes les planches contact avant de partir en tournée et c'est bien celle que j'ai choisie. La seule chose dont je ne suis pas encore très sûre, c'est l'ordre des chansons sur l'album. Mais il doit être encore temps de changer…

— Je ne pensais pas que Henderson s'abaisserait à te vendre de cette façon…

— De quelle façon ? demanda la jeune femme en fronçant les sourcils.

— Comme une star de film porno.

— C'est ridicule, protesta-t-elle, vexée.

— Vraiment ? Au cas où tu n'aurais pas remarqué, tu es nue, sur cette photo.

— Et alors ? On ne voit même pas mes seins ! Je ne vois pas ce qu'il y a de mal à introduire un peu de sensualité sur la pochette d'un album. Je ne suis plus une enfant, Brandon, et j'ai passé l'âge des jupes plissées et des pull-overs à col en V. Franchement, venant de toi, ça me fait rire…

— C'est de l'érotisme de bas étage.

Raven éclata de rire.

— Pour ton information, ce cliché a été pris par

Karl Straighter qui est l'un des photographes les plus en vue du moment.

— L'art des uns est le porno des autres, je suppose, répliqua-t-il.

— Tu fais exprès d'être désagréable.

— Pas du tout. Je me contente de te donner mon opinion. Tu n'es pas obligée d'être d'accord.

— Figure-toi que je n'ai besoin ni de ton opinion ni de ton approbation.

— Ça, tu me l'as déjà fait parfaitement comprendre…

— Justement, rétorqua Raven, furieuse. Je crois bien que c'est cela, le problème. Ce n'est pas la photographie que tu désapprouves ! Tu es juste frustré de me voir nue alors que j'ai repoussé tes avances !

En le voyant pâlir, Raven comprit simultanément qu'elle avait touché juste et qu'elle était allée trop loin. Mais il était trop tard pour revenir en arrière, à présent, et elle était toujours furieuse contre lui.

— Ce que tu ne supportes pas, reprit-elle d'une voix glaciale, c'est que je ne suis plus la jeune fille naïve avec laquelle tu es sorti, il y a cinq ans. Que je dirige ma vie comme je l'entends. Que je ne suis plus en admiration béate devant Sa Majesté le roi du rock, Brandon Carstairs !

Sur ce, Raven tourna les talons et quitta la pièce à grands pas.

Le rêve ressemblait à un montage de scènes issues

de son enfance. Il s'agissait plus d'impressions que de véritables images. D'une sensation oppressante qui enveloppait son esprit d'un voile de peur, de culpabilité et de désespoir.

Raven se retournait dans son lit, luttant pour émerger de son cauchemar. Mais il avait refermé sur elle ses mâchoires et elle se trouvait prise au piège, à mi-chemin du sommeil et de l'éveil.

Lentement, elle voyait approcher d'elle le visage de sa mère comme elle l'avait vue à la clinique.

Un coup de tonnerre retentit alors, tirant soudain la jeune femme de cet enfer. Elle se redressa brusquement sur son lit et poussa un cri d'angoisse déchirant.

Quelques instants plus tard, Brandon se précipita dans la chambre. Recroquevillée sur son lit, Raven sanglotait comme une enfant terrifiée. Lorsqu'il s'assit auprès d'elle, elle se jeta dans ses bras et s'agrippa à lui de toutes ses forces.

Il sentait ses larmes couler sur sa chemise tandis qu'elle tremblait convulsivement contre lui. Sa peau était glacée et il ramena la couverture autour de ses épaules.

— Ne pleure pas, mon ange, souffla-t-il, la gorge serrée par la détresse qui l'habitait. Tout va bien. Tu es en sécurité, ici…

Il caressa ses cheveux, la berçant doucement.

— Serre-moi… fort, balbutia-t-elle. Je t'en prie, serre-moi contre toi…

Il s'exécuta, continuant à lui murmurer des mots rassurants.

— Oh, Brandon, j'ai fait un rêve affreux, articula-t-elle enfin.

Il déposa un petit baiser sur son front.

— De quoi s'agissait-il ? lui demanda-t-il tendrement.

— Elle m'avait laissée toute seule, une fois de plus, murmura Raven si bas qu'il dut se pencher vers elle pour entendre la suite. Je détestais rester seule dans cette pièce... La seule lumière qu'il y avait provenait du néon, sur le bâtiment d'en face... Un de ces néons qui clignote, tu sais... Il n'arrêtait pas... Et il y avait tellement de bruit dans la rue que je ne pouvais pas ouvrir la fenêtre. Alors j'avais trop chaud. Trop chaud pour dormir... Je regardais la lumière et j'attendais qu'elle rentre. Quand elle est arrivée, elle était ivre, encore une fois. Et il y avait un homme avec elle... J'ai mis ma tête sous l'oreiller pour ne pas les entendre...

Raven commençait à se calmer. Dans les bras de Brandon, elle se sentait en sécurité. Ici, rien ne pouvait l'atteindre. Ni les mauvais rêves ni l'orage qui redoublait dehors.

— Un peu plus tard, elle s'est cassé le bras en tombant dans l'escalier et les voisins ont tout raconté au propriétaire. Alors nous avons dû déménager une fois de plus. Mais, bien sûr, tout a recommencé. Chaque fois, elle me promettait que ce serait différent, qu'elle trouverait un travail et que je pourrais aller à l'école. Mais, chaque fois, je finissais par rentrer un soir pour la trouver avec une bouteille et un nouvel homme...

Raven ne s'accrochait plus, se contentant de s'appuyer contre lui comme si elle n'avait plus aucune énergie. Et elle restait parfaitement immobile, comme figée.

— Raven..., murmura doucement Brandon en la prenant par les épaules.

Elle pleurait toujours mais sa respiration était moins oppressée, plus régulière. Il l'aida à se redresser et la regarda droit dans les yeux.

— Raven, répéta-t-il, que faisait ton père, pendant ce temps ?

Elle l'observa avec curiosité, comme si elle venait tout juste de se réveiller et s'étonnait de le trouver là. Il savait qu'elle ne lui aurait jamais parlé de tout cela si elle n'avait pas été si vulnérable et choquée. Mais, à présent, il était trop tard pour faire comme si rien ne s'était passé. Elle poussa un soupir résigné.

— Je ne sais pas qui est mon père, répondit-elle en s'arrachant aux bras de Brandon pour se lever. Elle non plus, d'ailleurs. Il y en a eu tellement...

Brandon ne dit rien mais sortit son briquet de sa poche pour allumer la bougie qui se trouvait sur la table de nuit. La flamme tremblotante nimba la chambre d'une lueur jaune rassurante.

— Combien de temps as-tu vécu de cette façon ? demanda-t-il enfin.

Raven s'entoura de ses bras comme pour se

protéger contre ses souvenirs. Elle savait qu'elle en avait trop dit pour s'abriter derrière des faux-semblants.

— Je ne me souviens pas d'un temps où elle ne buvait pas. Lorsque j'étais très jeune, jusqu'à cinq ou six ans, elle arrivait encore à se contrôler. Elle chantait dans des bars. Elle avait de grandes ambitions et une voix quelconque mais elle était plutôt jolie... à l'époque...

Raven s'interrompit et essuya ses larmes.

— Ensuite, les choses ont empiré progressivement. Je crois que c'est surtout parce qu'elle se rendait compte qu'elle était en train de perdre sa voix. C'était un cercle vicieux. Plus elle la perdait et plus elle buvait pour oublier...

Raven étouffa un sanglot et se mit à aller et venir dans la pièce. Apparemment, cela l'aida un peu à recouvrer son calme et son récit se poursuivit de façon plus précipitée, comme si elle avait envie de se délivrer une fois pour toutes de ce secret qui l'oppressait.

Brandon rajouta quelques bûches dans la cheminée afin de raviver les braises. Bientôt, les flammes grandirent et la température commença à remonter. Dehors, l'orage s'était arrêté et la pluie s'atténuait.

— Quand j'avais seize ans, reprit Raven, elle travaillait comme serveuse dans un petit piano-bar à Houston. C'est moi qui allais chercher sa paie toutes les semaines pour qu'elle ne dépense pas tout en alcool sans acheter à manger... Elle avait cet emploi depuis six semaines, déjà, et elle avait une liaison avec le gérant. C'était quelqu'un de bien. Il me laissait toujours jouer du piano quand le bar était vide. J'avais appris avec l'un des ex de ma mère qui était musicien. Il m'avait enseigné quelques accords et, pour le reste, je me fiais à mon oreille. Maman adorait m'écouter jouer...

Raven s'était immobilisée devant la fenêtre, à présent. Elle regardait sans le voir le paysage éclairé par la lune en dessinant du bout des doigts des arabesques dans la buée de la vitre.

— Ben, le gérant, m'a finalement proposé de tenir le piano durant l'heure du déjeuner. Il a dit que je pouvais chanter si je voulais tant que je ne jouais pas trop fort et que je ne parlais pas aux clients. C'est comme ça que ma carrière a commencé...

Brandon l'écoutait sans rien dire, stupéfait de découvrir un pan entier de la vie de Raven dont elle ne lui avait jamais parlé, auquel elle n'avait même jamais fait allusion en sa présence. Comment avait-elle pu garder tout cela pour elle ? se demanda-t-il avec une pointe de détresse.

— Finalement, maman s'est fâchée avec Ben et nous avons quitté Houston pour l'Oklahoma. Là, j'ai menti sur mon âge pour décrocher une place de chanteuse dans un bar de la ville. Pour maman, ça a été l'une des pires périodes. Certaines fois, j'avais peur de la laisser seule mais elle ne travaillait pas et il fallait bien que l'une de nous rapporte de l'argent...

Raven s'interrompit et se massa les tempes, luttant contre le mal de tête qui commençait à la tarauder. Elle aurait voulu s'arrêter, refouler tous ces souvenirs mais elle savait qu'à présent qu'elle avait commencé elle devait aller jusqu'au bout.

— Nous avions besoin d'argent, reprit-elle. Alors je devais courir le risque de la laisser une bonne partie de la nuit. Un soir, alors que je commençais mon deuxième tour de chant de la soirée, elle est arrivée complètement soûle au bar. Wayne, qui y travaillait comme serveur, a vite compris ce qui se passait et l'a interceptée avant qu'elle ne cause un scandale. Il a réussi à la calmer puis m'a aidée à la ramener à la maison à la fin de la soirée. Il a été merveilleux. Il n'a pas essayé de me faire la leçon, ne s'est pas apitoyé, ne m'a pas donné son avis. Il s'est contenté de m'écouter et de me soutenir quand j'en avais le plus besoin...

Brandon baissa la tête, se demandant comment il avait pu vivre avec Raven sans jamais rien soupçonner. Il lui en voulait de ne jamais lui avoir parlé et s'en voulait encore plus de ne rien avoir deviné. Mais il était trop tard, à présent...

— Malheureusement, elle est revenue au bar et le patron a fini par me renvoyer à contrecœur. Il y a eu d'autres villes, d'autres bars mais, chaque fois, elle recommençait. Lorsque j'ai eu dix-huit ans, je suis partie...

Raven couvrit son visage de ses mains et prit une

profonde inspiration, puisant au plus profond d'elle-même le courage de poursuivre son tragique récit.

— J'avais l'impression de respirer librement pour la première fois de ma vie... Je suis allée jusqu'à Los Angeles en travaillant de-ci de-là... Et c'est là que Henderson m'a remarquée. Il m'a prise sous son aile et j'ai signé avec lui. Je n'avais jamais imaginé pouvoir faire carrière avant de le rencontrer. Je cherchais juste à survivre, à gagner de quoi vivre d'une semaine sur l'autre. Mais, à partir de ce moment-là, tout a changé. Les portes ont commencé à s'ouvrir. C'était excitant et terrifiant à la fois et je ne sais pas si j'aurais la force de revivre ça aujourd'hui. En tout cas, j'ai fini par sortir un single sur un petit label indépendant. Il a bien marché et j'ai signé pour un album. Le lendemain, je recevais un coup de téléphone de l'hôpital de Memphis...

Raven se remit à faire les cent pas dans la chambre tandis que Brandon la suivait des yeux en silence.

— J'y suis allée, bien sûr. Ma mère était dans un sale état. Elle a pleuré, elle m'a fait mille promesses, toujours les mêmes... Elle regrettait, elle ne recommencerait plus jamais, j'étais la seule chose de bien qui lui soit jamais arrivée dans la vie...

Les larmes recommençaient à couler le long des joues de la jeune femme mais, cette fois, elle ne chercha même pas à les ravaler.

— Dès qu'elle a été en état de voyager, je l'ai ramenée avec moi. Julie avait trouvé une clinique spécialisée à Ojai et un médecin qui semblait aussi compétent que dévoué : Justin Randolf Karter. C'était effectivement un homme remarquable. Il m'a reçue dans son beau bureau et m'a expliqué en détail le traitement que ma mère devrait suivre…

Elle se tut et resta immobile, pleurant en silence. Brandon fit mine d'aller vers elle mais elle lui fit signe de rester assis.

— Je suis rentrée chez moi et ils ont commencé le traitement. Deux jours plus tard, je t'ai rencontré.

Cette fois, Raven ne vit pas Brandon se lever. Elle ne sut qu'il se tenait derrière elle que quand il passa ses bras autour de sa taille. Sans un mot, elle se tourna vers lui et le serra contre elle. Il sentait les frémissements qui la parcouraient et la berça doucement contre lui.

— Raven, murmura-t-il enfin, les yeux fixés sur le feu qui brûlait dans la cheminée. Si tu m'avais dit tout cela, j'aurais peut-être pu t'aider…

Elle secoua la tête.

— Je ne voulais pas te le dire. Je ne voulais pas que cette histoire contamine ma nouvelle vie. Je n'étais pas assez forte pour cela.

Levant la tête, elle le regarda droit dans les yeux.

— Surtout, ajouta-t-elle, je craignais peur qu'en l'apprenant tu ne prennes peur et ne décides de me quitter…

— Je n'aurais jamais fait une chose pareille, protesta-t-il, blessé qu'elle ait pu seulement le penser.

— Je sais que j'avais tort mais tu dois te mettre à

ma place : tout arrivait au même moment et j'avais besoin de temps pour analyser, pour faire la part des choses… Quelques semaines auparavant je n'étais personne, et voilà que ma photo était partout, que je m'entendais chaque fois que j'allumais la radio, que j'étais harcelée par des fans et des journalistes… Tu sais ce que c'est, n'est-ce pas ?

— Oui, acquiesça Brandon. Cela peut être très déstabilisant.

— Imagine alors ce que j'ai ressenti lorsque ma mère a resurgi dans ma vie. Une partie de moi la haïssait. C'était sans doute une réaction parfaitement naturelle mais je ne pouvais pas m'empêcher de me sentir coupable et honteuse à cause de cela et à cause de la façon dont je l'avais abandonnée…

— Je crois que je peux le comprendre, acquiesça gravement Brandon.

— Comme si tout cela ne suffisait pas, conclut Raven tristement, je suis tombée amoureuse de toi…

— Raven…, murmura-t-il en se penchant vers elle.

Il l'embrassa alors, parce qu'il ne savait comment communiquer sous forme de mots ce qu'il ressentait. Il aurait voulu pouvoir effacer toute cette souffrance qu'il lisait dans ses yeux.

Il aurait voulu pouvoir remonter le temps et revenir à l'époque où il l'avait rencontrée. Si elle lui avait confié tout cela, cinq ans auparavant, tout aurait pu être différent…

Raven sentit les lèvres de Brandon se poser sur

les siennes et elle s'abandonna à son baiser. En cet instant, elle avait juste besoin qu'il la serre contre lui, qu'il la réconforte. Ce qu'elle venait de lui avouer, elle ne l'avait jamais raconté à personne. Elle avait l'impression de s'être mise à nu devant lui, de lui avoir révélé la partie la plus sombre de son être.

A présent, elle se sentait fragile, exposée. Et elle se noyait avec reconnaissance dans cette étreinte qui semblait exorciser tous les fantômes du passé et faisait progressivement disparaître les souvenirs atroces qu'elle venait d'évoquer.

Elle n'avait plus la force de combattre le désir qui montait en elle à mesure que Brandon se faisait plus passionné. Au contraire, elle s'y abandonna, fatiguée de lutter contre lui et contre elle-même. Elle avait toujours su que le moment de capituler finirait par arriver et elle songea que jamais défaite n'avait été plus douce.

Les lèvres de Brandon étaient tendres et brûlantes contre les siennes. Il ne cherchait pas à la brusquer, prenant tout son temps comme s'il voulait lui laisser une dernière chance de reculer, comme s'il ne voulait pas abuser de la fragilité émotionnelle de la jeune femme.

Celle-ci prit donc l'initiative et posa ses mains sur la poitrine de Brandon, commençant à défaire les boutons de sa chemise. Doucement, il lui prit les poignets, s'écartant légèrement pour la regarder droit dans les yeux.

— Tu es sûre, Raven ? murmura-t-il d'une voix très rauque.

Le mélange de désir et de tendresse qu'elle lisait dans son regard la convainquit mieux que ses mots qu'elle avait pris la bonne décision.

— Oui, répondit-elle gravement. J'ai besoin de toi, Brandon. Fais-moi l'amour.

Elle le vit frémir et, pendant un instant, il ferma les yeux comme s'il adressait au ciel une prière muette. Lorsqu'il les rouvrit, ils brillaient d'une flamme ardente qui embrasa la jeune femme.

Lorsque ses mains se posèrent sur ses épaules et qu'il l'attira de nouveau contre lui, elle sentit fondre les dernières traces d'hésitation qui l'habitaient encore. Au creux de son ventre naquit une chaleur moite qui se répandit en elle. Son cœur battait à tout rompre, sa peau se couvrait de frissons convulsifs, son sang paraissait s'être changé en lave et sifflait à ses oreilles.

Leurs lèvres se trouvèrent de nouveau tandis que les mains de Brandon couraient sur son corps, alimentant le feu qui l'habitait. Elle recommença à détacher les boutons de sa chemise, ne supportant plus ce tissu qui la séparait de lui. Lorsqu'elle vint enfin à bout de sa chemise et que celle-ci tomba aux pieds de Brandon, elle laissa ses mains glisser le long de son torse brûlant.

Sans cesser de s'embrasser, ils gagnèrent le lit en une danse maladroite. Là, ils se séparèrent enfin et il la fit asseoir pour lui ôter la chemise de nuit qu'elle portait. Durant quelques instants, il resta immobile, la buvant du regard comme s'il était incapable de se rassasier de la vision de son corps.

— Tu es si belle, murmura-t-il.

Puis il l'allongea doucement sur le dos et entreprit de la couvrir de baisers. Raven sentait ses lèvres glisser le long de sa joue, de son cou pour se poser enfin sur sa poitrine et elle poussa un profond soupir de contentement.

Lorsqu'il commença à agacer la pointe de ses seins, elle s'arqua pour mieux s'offrir à ses caresses, ne pouvant réprimer les gémissements rauques qui montaient en elle. Elle se sentait fondre, se dissoudre entre ses bras. Puis elle le sentit descendre plus bas encore, et il lui ôta doucement sa culotte.

Lorsque sa bouche se posa enfin entre ses cuisses, elle fut parcourue par un spasme de plaisir incoercible. Comme encouragé par cette réaction, Brandon se fit plus audacieux, explorant de sa langue et de ses doigts le calice incandescent de sa féminité.

Raven eut l'impression que tout disparaissait autour d'elle, que le monde entier s'effaçait et qu'elle-même se dissolvait dans un océan de sensations qu'elle avait cru à jamais disparues. Sans même s'en rendre compte, elle ondulait, soupirait, criait le nom de Brandon.

Des vagues de plaisir la balayaient impitoyablement, la faisant monter toujours plus haut, paraissant se fondre avec le lointain ressac et le martèlement régulier de la pluie sur les vitres.

Quand il remonta enfin le long de son corps tremblant, la faim qu'elle avait de lui était devenue si dévorante qu'elle craignit d'en perdre la raison. Repoussant Brandon sur le dos, elle entreprit de la satisfaire.

D'une main tremblante, elle le débarrassa de ses vêtements, révélant le désir impérieux qu'il avait d'elle. De ses lèvres et de ses mains, elle lui rendit l'hommage qu'il venait de lui offrir. A son tour, Brandon gémit sous ses caresses, lui donnant une grisante sensation de puissance.

A présent, c'était lui qui se trouvait en son pouvoir et cette idée avait quelque chose d'exaltant. Plus elle faisait monter en lui l'envie qu'il avait d'elle et plus la sienne se faisait insatiable. Finalement, il la repoussa doucement, craignant de perdre tout contrôle.

Ils restèrent assis sur le lit, se buvant du regard. L'espace d'un instant, le temps parut se figer. Seule la lueur jaune et tremblotante du feu et de la bougie éclairait la scène et ils auraient pu se croire seuls au monde.

Puis ils s'embrassèrent de nouveau avec passion et roulèrent enlacés sur les draps froissés, se dévorant de baisers. Raven sentit alors Brandon entrer en elle très lentement, presque cérémonieusement, et elle se cambra sous lui pour le laisser pénétrer au plus profond d'elle-même.

Tandis que le plaisir la terrassait, elle comprit combien il lui avait manqué durant toutes ces années.

Comment avait-elle pu se passer de cette communion totale, de cette fusion de leurs êtres tout entiers ? Entre ses bras, elle se sentit de nouveau complète.

Il commença alors à bouger en elle, décuplant l'intensité de ses sensations, brisant les dernières barrières qui les séparaient encore.

Enlacés, ils escaladaient les degrés de la passion, se perdant l'un en l'autre pour mieux se retrouver, se nourrissant du désir qui les emportait toujours plus loin, les entraînait au-delà de leurs incompréhensions, de leurs doutes et de leurs angoisses.

Ensemble, ils basculèrent dans un monde où ils ne faisaient plus qu'un.

Chapitre 10

La tête posée au creux de l'épaule de Brandon, Raven regardait le feu qui brûlait dans la cheminée. Sa main était posée sur sa poitrine et elle sentait son cœur battre doucement sous ses doigts.

La chambre était silencieuse. Dehors, la pluie avait diminué d'intensité et son martèlement sur les vitres s'était réduit à un doux murmure. Raven songea qu'elle n'oublierait jamais cet instant et qu'elle y repenserait chaque fois qu'il pleuvrait.

Elle sentait le bras de Brandon autour de son cou et sa main qui reposait sur son épaule. Il n'avait pas dit un mot depuis qu'ils avaient fait l'amour et Raven pensait qu'il s'était endormi.

Comblée, elle reposait entre ses bras, s'abandonnant à la douce quiétude qui l'avait envahie. Elle se sentait vibrante, grisée, plus vivante que jamais. Pour la première fois depuis des années, elle avait l'impression d'être de nouveau complète.

Tournant la tête de côté, elle constata que les yeux de Brandon étaient ouverts. Il regardait fixement le plafond comme s'il y cherchait la réponse à une mystérieuse question.

— Je pensais que tu dormais, murmura-t-elle.

Brandon prit doucement sa main et la porta à ses lèvres.

— Non, je…

Il s'interrompit soudain, avisant la larme qui coulait au coin de la paupière de la jeune femme. Il la cueillit du bout du pouce.

— Tu regrettes ce que nous avons fait ? demanda-t-il, inquiet.

Raven réfléchit longuement à cette question avant de répondre. Lorsqu'elle parla, il n'y avait aucune trace d'hésitation dans sa voix.

— Non, lui dit-elle. C'était merveilleux, mieux encore que dans mon souvenir… J'ai l'impression que nous n'avions jamais fait l'amour comme cela auparavant.

— C'est vrai, répondit Brandon en caressant doucement ses cheveux.

Il l'observa longuement, comme s'il la voyait pour la première fois.

— Tu es si belle.

— Toi aussi, dit-elle en déposant un petit baiser sur son épaule.

— Moi aussi, je suis belle ? ironisa Brandon.

Raven éclata de rire et se redressa sur un coude pour le regarder à son aise.

— Oui. J'ai toujours pensé que tu ferais une très jolie fille. Et, lorsque j'ai vu la photo de ta sœur, j'ai su que j'avais vu juste !

— Zut alors ! Il vaut peut-être mieux que je ne

l'aie jamais su auparavant… Je ne sais pas si j'aurais pris ça pour un compliment.

Raven rit de nouveau et posa ses lèvres brûlantes au creux de son cou, effleurant sa peau du bout de sa langue et lui arrachant un violent frisson de bien-être.

— Tu as tort, murmura-t-elle.

Elle s'interrompit et pouffa.

— Remarque, ajouta-t-elle, étant donné les circonstances, je préfère vraiment que tu sois un homme…

Elle embrassa de nouveau sa gorge et remonta lentement jusqu'à son oreille, sentant sa chair frémir sous ses lèvres. Sous ses doigts, elle perçut la brusque accélération des battements de son cœur.

— C'est étrange, lui murmura-t-elle, je ne me souvenais plus que tu étais si doux lorsque tu faisais l'amour.

— J'essayais juste de te ménager, répondit-il d'une voix que le désir rendait rauque. Mais je peux me montrer plus sauvage, si tu veux…

— Vraiment ? fit-elle avec un sourire gourmand. J'avoue que je serais curieuse de voir ça…

Sans se faire prier, Brandon la fit brusquement basculer sur le dos, enserrant ses poignets dans ses mains. Dans ses yeux verts, elle lut tout le désir qu'il avait d'elle et qu'elle sentait renaître contre son ventre. Elle était entièrement à sa merci, à présent, mais elle n'éprouvait plus aucune angoisse, aucune peur.

Quoi qu'il arrive, à présent, elle était bien décidée à profiter du plaisir qu'il voudrait bien lui donner. Ainsi, même s'il finissait par l'abandonner de nouveau, il lui resterait au moins le souvenir délicieux de leurs étreintes.

Lentement, elle passa la langue sur ses lèvres de façon suggestive et elle le vit fermer les yeux, comme terrassé par l'intensité de l'envie qu'il avait d'elle.

Puis, soudain, il les rouvrit et elle se sentit sombrer dans leur profondeur d'émeraude. Sans la relâcher, il se pencha vers elle et l'embrassa avec passion. Il n'y avait plus aucune retenue en lui, à présent, juste cette urgence brûlante qu'il avait trop longtemps refrénée.

Lorsqu'il entra en elle, il la sentit s'arquer sur lui pour l'absorber tout entier et ses cuisses se nouèrent autour de sa taille pour l'attirer plus loin encore. Il commença à bouger et elle se creusa pour l'accueillir au plus profond d'elle-même.

— J'ai attendu ce moment si longtemps, murmura-t-il. J'avais tellement besoin de toi...

Raven fut éveillée par les rayons du soleil qui pénétraient dans la chambre. Il devait être très tôt et le ciel rose pâle était comme tacheté de mouchetures mordorées. Une douce lumière éclairait le lit aux draps froissés et le corps de Brandon étendu à son côté.

Se redressant sur un coude, elle observa avec fascination sa silhouette mince et nerveuse. Sa respiration était lente et régulière et elle eut beaucoup de mal à résister à l'envie qu'elle avait de plonger ses doigts dans son épaisse chevelure bouclée. Mais elle craignait de le réveiller.

Immobile, elle le contemplait, songeant qu'il ne lui avait jamais paru aussi beau. Son cœur se serra alors qu'elle prenait conscience de l'intensité des sentiments qu'il lui inspirait. Il était le premier homme qu'elle ait jamais aimé. Le seul, en fait. Et ces cinq années de séparation, loin d'atténuer son amour, semblaient l'avoir renforcé.

C'était comme si la douleur qu'elle avait éprouvée en le perdant l'avait façonné, transformant la passion de sa jeunesse en quelque chose de plus profond, de plus durable. Mais, alors qu'elle formulait cette pensée, elle se rendit compte qu'elle ne pouvait se permettre de l'avouer à Brandon.

C'était un homme épris d'absolu, farouchement attaché à sa liberté. Il aimait parcourir le monde, il était capable de passer des jours entiers dans la solitude la plus totale pour composer, il redoutait toute forme d'attache, de lien...

S'il sentait la moindre pression de sa part, il prendrait peur et la quitterait une fois encore. Elle devait donc garder pour elle ce qu'elle éprouvait, ne rien demander d'autre que le plaisir de vivre à ses côtés.

C'était le seul moyen de le garder...

Elle se souvint de la façon dont il lui avait fait l'amour, la seconde fois. Leur étreinte avait été si

violente, si sauvage. Au cours des semaines précédentes, elle avait été si obnubilée par son propre
désir qu'elle n'avait pas imaginé un seul instant
que Brandon puisse avoir envie d'elle à ce point.
Pourquoi avait-il fallu qu'ils restent loin l'un de
l'autre pendant cinq interminables années ?

A peine eut-elle formulé cette question qu'elle
l'écarta. Elle avait décidé que ni le passé ni l'avenir
ne comptaient. Pour le moment, seul importait le
présent.

Brandon dormait toujours et elle se rendit compte
que c'était la première fois qu'elle se réveillait avant
lui. D'ordinaire, lorsqu'elle descendait prendre son
café, il était déjà en train de finir l'un des copieux
petits déjeuners qu'il affectionnait tant.

Elle décida donc que, ce matin-là, les rôles
seraient inversés. Ce serait elle qui lui préparerait
à manger. La cuisine n'était peut-être pas son point
fort mais elle en savait assez pour le surprendre.

Précautionneusement, elle souleva le bras que
Brandon avait passé autour de sa taille et se glissa
hors du lit. A pas de loup, elle gagna sa penderie
et enfila sa robe de chambre avant de descendre
au rez-de-chaussée.

Parvenue dans la cuisine, elle commença par
préparer le café. Curieusement, au lieu de se sentir
à demi endormie comme tous les matins, elle se
sentait en pleine forme et prête à attaquer la journée.

Si c'était un effet secondaire de la nuit torride qu'ils
venaient de passer, elle était prête à recommencer

tous les jours. En fait, elle se sentait presque aussi pleine d'énergie qu'à la sortie de l'un de ses concerts.

Au fond, songea-t-elle, les deux expériences n'étaient peut-être pas si différentes que cela : dans un cas comme dans l'autre, il s'agissait de s'abandonner à ses émotions, d'abattre les barrières entre les gens et de partager ce que l'on avait de plus intime…

A l'étage, Brandon s'étira et tendit la main vers l'endroit où dormait Raven pour s'apercevoir brusquement qu'elle avait disparu. Ouvrant les yeux, il se redressa et constata qu'il était seul dans la chambre de la jeune femme.

Les dernières bûches achevaient de se consumer dans la cheminée et les rideaux étaient ouverts, laissant entrer les rayons du soleil. Ils caressaient déjà le pied du lit, ce qui signifiait qu'il s'était réveillé bien plus tard que d'habitude.

La chemise de nuit de Raven était toujours sur le sol, là où il l'avait lancée quand il en avait débarrassé la jeune femme. Il n'avait donc pas rêvé, songea-t-il en passant la main dans ses cheveux bouclés. Ils avaient bien fait l'amour, la nuit dernière.

Puis ils s'étaient endormis dans les bras l'un de l'autre. Mais où diable avait-elle disparu ? Un accès de panique s'empara de lui et il quitta le lit pour enfiler son jean et partir à sa recherche.

Alors qu'il atteignait le haut de l'escalier, il l'entendit chanter doucement l'une des ballades qu'elle avait composées et dont il s'était gentiment moqué lorsqu'ils se trouvaient dans la voiture, sur les hauteurs de Los Angeles.

Son angoisse se résorba instantanément et il se dirigea vers la cuisine d'où provenait la chanson. S'immobilisant sur le seuil, il la contempla avec admiration.

Ses magnifiques cheveux noirs et emmêlés retombaient librement sur ses épaules. La courte robe de chambre qu'elle portait révélait ses longues cuisses élancées dont la simple vue suffit à assécher sa gorge.

La cuisine était emplie de bruits et d'odeurs qu'il associait au matin : le glouglou du percolateur, le sifflement d'une saucisse en train de cuire à la poêle, le cliquetis des couverts et des bols, la délicieuse senteur du pain fraîchement grillé...

La voir ainsi préparer le petit déjeuner avait quelque chose de si naturel qu'il sentit une étrange émotion l'envahir.

La jeune femme se dressa sur la pointe des pieds pour s'emparer d'une casserole et pesta parce qu'elle n'était pas assez grande. Finalement, elle l'attira vers elle au moyen d'une fourchette et la rattrapa au vol lorsqu'elle bascula dans le vide.

— Impressionnant ! s'exclama Brandon.

Raven sursauta et lâcha la casserole qui atterrit sur le sol avec un bruit retentissant. Tous deux éclatèrent de rire.

— Tu m'as fait peur, Brandon, lui reprocha-t-elle enfin. Je ne t'avais pas entendu descendre.

Il ne répondit pas immédiatement, se contentant de la regarder fixement.

— Je t'aime, Raven, lui dit-il enfin.

Il la vit ouvrir de grands yeux, et ses lèvres tremblèrent légèrement. Puis elle les referma et parut se ressaisir.

Le mot *amour* pouvait avoir des significations très différentes d'une personne à l'autre, se rappela-t-elle. Il ne fallait pas qu'elle se laisse emporter par ses propres sentiments.

— Moi aussi, je t'aime, Brandon, lança-t-elle d'un ton léger.

Il fronça les sourcils et secoua la tête.

— Quand tu dis ça, j'ai l'impression d'entendre une sœur. J'en ai déjà deux et je n'ai pas besoin d'une troisième…

Raven le contempla gravement avant de répondre.

— Je ne pense pas à toi comme à un frère, Brandon. Mais il ne m'est pas très facile de te dire ce que je ressens. J'avais besoin de ton soutien et de ta compassion et, la nuit dernière, tu m'as aidée bien plus que je ne pourrais l'exprimer…

— Maintenant, tu parles comme un médecin ! Je t'ai dit que je t'aimais, Raven, et toi, tu me parles de compassion et de soutien ?

Il y avait de la colère dans sa voix et Raven se prit à espérer qu'elle s'était peut-être trompée, qu'il éprouvait peut-être pour elle un peu plus que du désir.

— Brandon, lui dit-elle pourtant, tu n'as pas à te sentir obligé…

Cette fois, il la fusilla du regard. Traversant la cuisine à grands pas, il vint se planter juste devant elle et la fixa droit dans les yeux.

— Tu n'as pas à me dire ce que j'ai ou ce que je n'ai pas à faire ! s'exclama-t-il. Parce que je sais pertinemment ce que je *veux* ! Je t'aime, Raven. Ce n'est ni par obligation ni par devoir. C'est un fait.

— Brandon…

— Tais-toi, lui intima-t-il en la prenant dans ses bras.

Il la serra contre lui avec force et l'embrassa avec un mélange détonant de passion et de colère.

— Ne me dis plus jamais que tu m'aimes d'une voix aussi calme et détachée, murmura-t-il contre ses lèvres. Je préfère encore que tu ne me le dises pas !

Il l'embrassa de nouveau.

— J'attends plus de toi, Raven ! Beaucoup plus… Et je te promets que je finirai par te convaincre.

— Brandon, protesta-t-elle en riant. Je te signale qu'il y a une tasse comprimée entre nous et que, si tu continues, tu vas me faire un trou dans la poitrine.

Il poussa un juron et s'écarta juste assez pour lui permettre de reposer la tasse sur le plan de travail. Elle entoura alors son cou de ses bras et l'embrassa à son tour.

— Oh, Brandon ! Tu as déjà beaucoup plus ! Tu as tout… Je sais que c'est idiot mais j'avais juste peur de te dire combien je t'aime !

Elle posa ses mains sur ses joues pour le forcer à lire la vérité dans ses yeux.

— Je t'aime, Brandon, lui dit-elle. Je t'aime plus que tout au monde.

Leurs lèvres se mêlèrent en un fougueux baiser et il la souleva brusquement de terre pour la porter entre ses bras.

— Je crois qu'aujourd'hui tu vas devoir attendre avant d'avoir ton café, lui dit-il d'un ton malicieux.

Il effleura le cou de la jeune femme de ses lèvres et la sentit frissonner entre ses bras. Il éteignit le gaz sous la poêle et emporta Raven vers l'escalier.

— C'est trop loin, protesta-t-elle.

— Tu as raison, acquiesça-t-il. C'est beaucoup trop loin…

Il l'emmena jusqu'à la salle de musique et la déposa sur le canapé avant de s'asseoir à côté d'elle.

— Qu'est-ce que tu en penses ? lui demanda-t-il en glissant sa main entre les pans de sa robe de chambre.

— Jusqu'ici, notre collaboration en ces lieux a été des plus fructueuses, répondit-elle d'une voix que le désir rendait rauque.

Elle laissa courir ses doigts le long de ses épaules et de ses bras, ayant encore du mal à croire que tout cela était bien réel. Brandon Carstairs l'aimait, songea-t-elle avec un mélange d'émerveillement, d'excitation et d'incrédulité.

Mais, brusquement, elle se figea et lui jeta un regard plein d'effroi.

— Que se passe-t-il ? lui demanda Brandon, inquiet.

— Mme Pengalley ! s'exclama-t-elle. Elle risque d'arriver d'une minute à l'autre...

— Cela n'améliorera certainement pas l'idée qu'elle se fait des gens du show-business, reconnut-il en riant.

Se penchant vers elle, il écarta l'un des pans de sa robe de chambre et posa ses lèvres sur l'un de ses seins. La jeune femme frémit et tenta vainement de le repousser.

— Brandon, non...

— Désolé, murmura-t-il tandis que ses caresses se faisaient plus audacieuses. C'est une envie incontrôlable... Et, de toute façon, nous sommes dimanche. Mme Pengalley ne travaille pas ce jour-là.

— Dimanche ? répéta Raven, qui avait depuis longtemps perdu le compte des jours de la semaine. Dans ce cas, nous ferions bien de satisfaire cette envie incontrôlable...

Chapitre 11

Comme chaque année, l'été s'installa en douceur dans les Cornouailles. Les nuits se firent moins froides. Le soleil chassa lentement l'épais rideau de nuages qui l'avait jusqu'alors dissimulé et ses rayons réchauffèrent les après-midi tandis que les matins restaient d'une fraîcheur vivifiante.

Les premières senteurs de chèvrefeuille s'élevèrent dans l'air, attirant bientôt quelques abeilles qui emplissaient l'air de leur bourdonnement. Puis les boutons de roses commencèrent à éclore.

Raven se sentait renaître en même temps que la nature. Pour la première fois de sa vie, elle se sentait vraiment aimée. Et elle se rendait compte à présent que c'était précisément ce qui lui avait toujours manqué, ce qu'elle avait vainement attendu depuis tant d'années.

Pendant toute son enfance et son adolescence, elle avait suivi sa mère d'une ville à l'autre, d'un appartement miteux à l'autre, sans jamais rester assez longtemps nulle part pour nouer de véritables relations avec les gens qui l'entouraient.

Chaque fois qu'elle arrivait dans une nouvelle maison, elle savait que cela ne durerait pas, que tôt ou tard, elle devrait partir et tout laisser derrière elle. Alors elle s'était repliée sur elle-même comme une fleur qui se fane. Elle avait cessé d'attendre quoi que ce soit des amitiés éphémères, des rencontres sans lendemain.

Si elle n'avait pas trouvé refuge dans la musique, elle aurait sans doute fini par s'effondrer complètement. Mais le chant lui avait offert un exutoire inespéré. Elle y avait trouvé un moyen d'extérioriser ses angoisses et ses manques.

Paradoxalement, c'était ce qui avait fait d'elle une interprète aussi appréciée. Car elle recherchait l'amour du public et s'y accrochait comme un noyé s'agrippe à une bouée de sauvetage. Avec désespoir.

Mais l'admiration des spectateurs n'avait jamais vraiment suffi à combler le vide qui s'ouvrait en elle. Elle apaisait ses tourments sans en soigner les racines. Elle traitait les symptômes du mal mais non ses causes profondes.

Et puis Brandon était apparu dans sa vie et lui avait offert ce qu'elle avait toujours cherché inconsciemment. Lorsqu'il était parti, elle avait cru mourir parce qu'en la quittant il l'avait renvoyéesans le savoir dans ce gouffre de solitude sans fond.

A présent qu'elle l'avait retrouvé, elle était bien décidée à ne plus jamais le perdre.

En l'aimant, elle découvrait également une nouvelle facette d'elle-même. C'était comme si sa simple présence suffisait à éveiller sa féminité. Et, à ses côtés, elle l'explorait avec fascination.

Brandon était un amant exigeant, non seulement sur le plan physique mais aussi sur le plan émotionnel. Il la voulait tout entière : corps, âme et esprit. Il ne supportait pas qu'elle le tienne à l'écart, qu'elle ne partage pas avec lui tout ce qu'elle était, tout ce qu'elle pensait, tout ce qu'elle désirait.

C'était d'ailleurs la seule ombre au tableau de leur amour. Car Raven était incapable de se livrer sans réserve, comme il le lui demandait. Une partie d'elle-même restait sur la défensive, en retrait.

C'était devenu chez elle un véritable instinct de survie. Elle ne savait que trop ce qu'il en coûtait d'aimer sans retenue. Lorsque Brandon avait disparu, il lui avait brisé le cœur et elle avait bien cru ne jamais pouvoir se reconstruire.

Pendant les cinq ans qui avaient suivi, elle s'était tenue à distance, refusant de tomber amoureuse, de s'engager. Elle n'avait rien promis aux amants qu'elle avait eus, se contentant de ce qu'ils avaient à lui offrir et n'en demandant pas plus.

Depuis, ses blessures avaient guéri mais les cicatrices demeuraient pour lui rappeler à chaque instant les risques qu'elle courrait si elle se laissait aller une fois de plus à aimer sans retenue.

Combien de fois s'était-elle promis que jamais plus un homme ne la ferait souffrir comme Brandon l'avait fait ? Comment aurait-elle pu revenir sur une décision aussi sage alors que c'était justement avec lui qu'elle sortait aujourd'hui ?

Le fait de mesurer l'emprise qu'il exerçait sur son cœur était déjà bien assez terrifiant comme cela.

Le seul domaine dans lequel elle consentait à s'offrir pleinement, c'était l'amour physique. Sur ce plan, elle lui faisait entièrement confiance. Brandon était un amant respectueux, attentif et généreux. A ses côtés, elle explorait des facettes de sa libido qu'elle avait jusqu'alors méconnues.

Il savait l'entraîner bien plus loin qu'aucun autre homme avant lui. Et tous deux ne pouvaient se rassasier l'un de l'autre. Il suffisait d'une étincelle pour raviver le feu qui couvait sans cesse en eux. Un regard, un sourire, une caresse pouvait donner lieu à une étreinte passionnée.

Ensemble, ils inventaient de nouveaux jeux amoureux. Un matin, par exemple, elle s'était réveillée pour trouver leur lit parsemé de pétales de roses qu'il était allé cueillir dans le jardin à l'aurore. Un soir, c'était elle qui l'avait surpris en le rejoignant dans son bain avec une bouteille de champagne glacé.

Ils faisaient l'amour à toute heure du jour et de la nuit, chaque fois que l'envie les en prenait. Bien des fois, Brandon l'éveillait par des caresses et, avant même qu'elle n'ait entièrement repris conscience, elle était déjà submergée par son désir pour lui.

La plupart du temps, cette situation paraissait l'emplir de bonheur et de joie. Mais, parfois, elle surprenait un regard scrutateur, comme si une question lui brûlait les lèvres et qu'il n'osait la lui poser, comme s'il cherchait à lire en elle la réponse à ses interrogations muettes.

Brandon l'aimait et elle l'aimait en retour. Mais tous deux savaient qu'elle ne lui faisait pas entièrement confiance. Simplement, ils évitaient d'en parler...

Assise sur le tabouret du piano, Raven cherchait les accords d'un morceau qu'ils étaient en train de composer.

— Peut-être un *si* septième, murmura-t-elle pensivement. Je vois bien une orchestration avec des violons et des violoncelles...

Elle continua à effleurer les touches tout en chantonnant des bouts de mélodie.

— Qu'est-ce que tu en penses ? demanda-t-elle à Brandon qui se tenait debout à côté d'elle, une main posée sur le piano.

— Continue, l'encouragea-t-il en sortant une cigarette. Reprends depuis le début...

Elle s'exécuta et il l'interrompit alors qu'elle atteignait le pont entre deux couplets.

— C'est là que ça ne va pas, déclara-t-il.

— Je te rappelle que c'est toi qui as écrit cette partie...

— Même les génies commettent des erreurs, répondit-il en souriant.

Raven émit un petit grognement dubitatif.

— As-tu un commentaire à faire ? demanda-t-il en levant un sourcil.

— Moi ? Interrompre un génie en plein travail ? Certainement pas…

— Voilà qui est sage.

Il se pencha au-dessus de la jeune femme et plaça ses mains sur le piano. Il rejoua la mélodie depuis le début et ne changea que quelques notes au moment du pont.

— Je ne vois pas de différence majeure, remarqua Raven.

— C'est justement ce qui fait de moi un génie, répliqua-t-il malicieusement.

Elle lui décocha un coup de coude dans les côtes et il grimaça.

— Excellent argument, dit-il en massant son flanc. Reprenons…

— J'adore quand tu joues les Anglais offusqués, Brandon.

— Vraiment ? fit-il de son accent le plus britannique. Où en étions-nous ?

— Tu t'apprêtais à me jouer le premier mouvement de la *Pathétique* de Beethoven, répliqua-t-elle d'un air parfaitement sérieux.

— Ah bon ? fit Brandon.

A la grande stupeur de la jeune femme, il s'exécuta. Non seulement il connaissait parfaitement la partition mais, en plus, il l'interprétait avec maestria.

— Frimeur ! s'exclama-t-elle.

— Tu es jalouse, avoue-le.

Raven baissa la tête et soupira.

— Le pire, reconnut-elle, c'est que c'est vrai.

Brandon éclata de rire et lui prit la main qu'il posa sur la sienne, paume contre paume.

— J'ai un léger avantage sur toi, lui dit-il.

Raven observa sa main qui paraissait minuscule dans celle de Brandon.

— Tu as raison. Heureusement que je n'ai jamais rêvé de devenir pianiste classique…

— Très honnêtement, je préfère que tu aies tes mains que les miennes ! Elles sont tellement jolies…

Dans un élan romantique, il porta les doigts de la jeune femme à ses lèvres et les couvrit de baisers.

— Je crois que je suis complètement amoureux de tes mains, conclut-il.

Raven sentit un frisson délicieux la parcourir. Elle ne se lassait pas de ses déclarations aussi farfelues qu'inattendues.

— Elles sentent toujours cette crème que tu gardes dans ce petit pot blanc, près du lavabo.

— Je ne pensais pas que tu remarquerais ce genre de détails, dit-elle, un peu surprise.

— Rien de ce qui te concerne n'est un détail, mon ange, répondit-il avant d'effleurer des lèvres l'intérieur de son poignet, juste au-dessus des veines. Je sais que tu adores les bains brûlants, que tu laisses toujours tes chaussures dans les endroits les plus inattendus, que tu bats toujours la mesure du pied gauche…

Nouant ses doigts à ceux de la jeune femme, il utilisa son autre main pour écarter les cheveux qui retombaient sur son épaule.

— Je sais, reprit-il, que quand je te touche ici tes yeux changent de couleur…

Tout en prononçant ces mots, il caressa délicatement la poitrine de Raven et vit ses yeux gris virer au noir et se voiler légèrement. Se penchant vers elle, il l'embrassa du bout des lèvres sans cesser d'agacer l'extrémité de son sein.

Sa bouche s'entrouvrit et elle renversa la tête en arrière pour mieux s'offrir à lui, l'invitant à redoubler d'audace. De petits frissons de plaisir couraient déjà sur sa peau.

— Je sais que tu es en train de fondre, murmurat-il d'une voix rauque. Et cela me rend fou…

Il détacha le premier bouton de son chemisier. A ce moment précis, le téléphone sonna, les faisant sursauter. Brandon étouffa un juron et Raven éclata de rire.

— Ce n'est pas grave, lui dit-elle en reprenant difficilement son souffle. Je te rappellerai où tu t'en es arrêté, une fois encore…

S'arrachant à ses bras, elle traversa la pièce et alla décrocher.

— Bonjour, fit-elle d'une voix joyeuse.

— Bonjour, j'aimerais parler à Brandon, s'il vous plaît.

— Je suis désolée mais il est très occupé en ce moment, répondit-elle en décochant un clin d'œil à ce dernier.

Il hocha la tête et se rapprocha d'elle pour l'embrasser dans le cou.

— Pourriez-vous lui demander de me rappeler lorsqu'il sera disponible ? Je suis sa mère…

— Je vous demande pardon ? dit Raven en essayant d'échapper aux baisers de plus en plus insistants de Brandon.

— Dites-lui de rappeler sa mère quand il aura un peu de temps. Il a le numéro.

— Madame Carstairs, attendez ! Je suis désolée… Je ne savais pas que c'était vous. Je vous le passe tout de suite. Brandon, ajouta-t-elle en lui tendant le combiné, c'est ta mère.

Il l'embrassa sur le front et lui prit le téléphone des mains.

— Salut ! Oui, j'étais occupé… J'étais en train d'embrasser une très jolie femme dont je suis follement amoureux…

Raven rougit jusqu'à la racine des cheveux, ce qui le fit rire de bon cœur.

— Non, ne t'en fais pas, reprit-il. Je compte bien recommencer juste après… Comment vas-tu ? Et comment vont les autres ?

— Je vais faire du thé, annonça-t-elle en se dégageant doucement des bras de Brandon pour se diriger vers la cuisine.

Elle mit de l'eau à bouillir et s'adossa au plan de travail. Elle se rendit compte alors qu'elle était affamée et se rappela que Brandon et elle avaient sauté le déjeuner pour pouvoir continuer à travailler. Elle prépara donc des toasts et sortit du beurre et de la marmelade du réfrigérateur.

Le thé à 17 heures était un véritable rituel pour Brandon et elle s'y était habituée. En fait, elle aimait cette pause durant laquelle ils se contentaient de siroter leurs tasses en discutant de choses anodines et futiles.

Dans ces moments-là, elle se prenait à imaginer qu'ils formaient un couple parfaitement normal rentrant d'une journée de travail pour se retrouver à la maison.

Tout en préparant leur plateau, la jeune femme se remit à penser à Brandon. Elle avait perçu une immense affection dans sa voix lorsqu'il avait parlé d'elle à sa mère. Tous deux semblaient très complices et elle ne parvint pas à étouffer une pointe de jalousie.

C'était quelque chose qu'elle n'avait plus ressenti depuis son adolescence et elle s'en étonna. A vingt-cinq ans, elle n'avait plus rien d'une enfant et aurait dû être capable de faire la part des choses, de savoir que tous les parents ne ressemblaient pas à sa mère et qu'elle ne pouvait rien y changer.

Lorsqu'elle eut rassemblé tout ce qu'il lui fallait, la jeune femme s'empara du plateau et quitta la cuisine. En entendant la voix de Brandon dans le salon, elle hésita quelques instants, ne voulant pas interrompre sa conversation. Mais le poids de la collation qu'elle portait eut raison de ses réticences et elle se décida finalement à entrer.

Il était affalé sur l'un des fauteuils situés près du feu, une jambe posée négligemment sur l'accoudoir. Avec un sourire, il fit signe à Raven de poser le plateau sur la table basse qui se trouvait à côté de lui.

— Bien sûr, maman, poursuivit-il. Sûrement le mois prochain… Embrasse tout le monde de ma part…

Il se tut et écouta ce que disait sa mère. Au bout d'un moment, un sourire éclaira son visage et il prit la main de la jeune femme dans la sienne.

— Elle a de grands yeux gris, exactement de la même couleur que la colombe que Shawn avait recueillie sur le toit… Oui, je le lui dirai. Au revoir, maman. Je t'aime.

Brandon raccrocha et se tourna vers Raven.

— Tu en as mis, du temps ! s'écria-t-il.

— Je me suis rendu compte que j'avais très faim, expliqua-t-elle tandis qu'il leur servait le thé.

Comme à son habitude, elle secoua la tête lorsqu'elle le vit ajouter du lait dans le sien. Même si elle vivait des années en Angleterre, c'était une chose qui la dépasserait toujours.

— Ma mère m'a demandé de te dire que tu avais une très jolie voix, déclara Brandon en prenant un toast sur lequel il étala une fine couche de beurre salé.

— Tu n'aurais pas dû lui dire que nous étions en train de nous embrasser, objecta-t-elle, embarrassée.

Brandon éclata de rire et elle lui lança un regard noir.

— Maman sait pertinemment que j'ai l'habitude

d'embrasser des femmes, expliqua-t-il gravement, comme s'il parlait à une enfant. Elle doit même se douter qu'il m'est arrivé parfois d'aller un peu plus loin que cela. Mais cela faisait longtemps que je ne lui avais pas parlé de l'une de mes petites amies.

Il avala une bouchée de pain avant de poursuivre.

— Elle voudrait te rencontrer. Si notre travail continue à avancer aussi vite, nous pourrions passer la voir à Londres, le mois prochain.

Raven resta longuement silencieuse, sentant un frisson glacé la parcourir.

— Je ne suis pas très habituée à rencontrer les familles de mes petits amis, déclara-t-elle.

Brandon lui prit doucement le menton, la forçant à le regarder.

— Ce sont des gens adorables, Raven. Ils comptent énormément pour moi. Et toi aussi. C'est pour cela que je veux qu'ils fassent ta connaissance…

Elle détourna les yeux, de plus en plus mal à l'aise.

— Raven, soupira Brandon avec un mélange d'agacement et de résignation, quand comprendras-tu que ce qui se passe entre nous est là pour durer ?

La jeune femme se contenta donc de baisser la tête, bien décidée à éviter le sujet aussi longtemps qu'elle le pourrait. Peut-être jusqu'à ce qu'elle soit revenue en Californie et n'ait d'autre choix que d'affronter la réalité…

— S'il te plaît, parle-moi de ta famille, lui demanda-t-elle. Peut-être me sentirais-je un peu plus prête à les rencontrer si j'en savais un peu plus que ce que j'ai pu glaner dans les interviews que tu as données…

Elle lui sourit, le suppliant du regard de ne pas lui poser de questions. Brandon lutta contre la frustration qui l'habitait mais décida qu'il attendrait encore. Il l'avait fait patienter pendant cinq ans et il était mal placé pour lui mettre le couteau sous la gorge aujourd'hui.

— Je suis le plus âgé des cinq enfants, commença-t-il en désignant le manteau de la cheminée sur lequel trônaient les photographies de sa famille. Michael, celui qui a l'air très distingué, à côté de la jolie blonde, est le deuxième. Il est avocat.

Brandon sourit, se rappelant la fierté qu'il avait éprouvée lorsqu'il avait pu financer ses études à la faculté de droit. Michael était le premier des Carstairs à avoir reçu une éducation digne de ce nom.

— Il n'était pas aussi distingué lorsqu'il était jeune, ajouta-t-il avec un sourire. Il adorait se battre.

— Je suppose que c'est une qualité, pour un avocat, remarqua Raven. Continue…

— Ensuite, il y a Alison. Elle est allée à Oxford et est sortie dans les premières de sa promotion. C'est une fille très brillante.

— Je suppose que ton autre frère est physicien…

— Non, il est vétérinaire, répondit Brandon.

Raven remarqua l'affection qui perçait dans sa voix.

— C'est ton préféré, n'est-ce pas ?

— Si l'on pouvait avoir une sœur ou un frère préféré, je suppose que ce serait lui, en effet. C'est l'une des personnes les plus gentilles que je connaisse. Il serait tout simplement incapable de faire du mal à qui que ce soit. Lorsqu'il était enfant, il ne cessait de rapporter à la maison toutes sortes d'animaux blessés.

— Comme la colombe grise ? demanda Raven.

— Comme la colombe…

La jeune femme commençait malgré elle à s'intéresser à cette famille qu'elle ne connaissait pas. Elle avait toujours supposé que tous les enfants qui grandissaient sous le même toit se ressemblaient plus ou moins. Mais les frères et sœurs de Brandon semblaient vraiment très différents les uns des autres.

— Et ton autre sœur ?

— Moria. Elle est encore au lycée. Elle dit qu'elle veut faire soit de la finance soit du théâtre. A moins qu'elle n'opte pour l'anthropologie. En fait, je crois qu'elle n'est pas très fixée…

— Quel âge a-t-elle ?

— Dix-huit ans. Et elle adore tes disques. La dernière fois que je suis passé à la maison, j'ai vu qu'elle les avait tous.

— Je crois que nous pourrions nous entendre, alors, dit la jeune femme en souriant. En tout cas, tes parents doivent être très fiers de vous tous. Que fait ton père, exactement ?

— Il est charpentier, répondit Brandon qui avait remarqué la lueur d'envie qui brillait dans les yeux de Raven. Il travaille toujours six jours sur sept alors qu'il sait que j'aurais parfaitement les moyens de les faire vivre, maman et lui. Elle est exactement pareille que lui, d'ailleurs… Ils ont la tête dure mais ce sont des gens bien.

— Tu as beaucoup de chance, déclara Raven.

Elle se leva et commença à déambuler dans la pièce, comme chaque fois qu'elle se sentait nerveuse ou mal à l'aise.

— Je sais, répondit gravement Brandon en la suivant du regard. Mais je crois que je ne m'en suis rendu compte que très tardivement. Lorsque j'étais jeune, je tenais cela pour acquis… Cela a dû être très difficile pour toi.

Raven haussa les épaules, feignant une indifférence qu'elle était très loin d'éprouver.

— J'ai survécu, répondit-elle enfin.

Se dirigeant vers la fenêtre, elle observa les falaises qui dominaient la mer.

— Nous devrions aller nous promener, suggéra-t-elle. Il y a une très jolie lumière, dehors.

Brandon se leva et vint la prendre dans ses bras pour la serrer contre lui.

— La vie n'est pas qu'une question de survie, Raven, lui dit-il.

— Peut-être, concéda-t-elle. Mais je m'en suis sortie intacte. C'est plus que ne peuvent en dire la plupart des gens dans mon cas.

— Raven… Je sais que tu appelles ta mère à

Los Angeles deux fois par semaine mais tu ne m'en parles jamais. Pourquoi ?

— Pas maintenant, répondit-elle. Pas ici…

Elle passa ses bras autour de son cou et posa sa joue au creux de son épaule.

— Tant que nous serons ici, reprit-elle, je ne veux penser ni au passé ni à l'avenir. Pour une fois, Brandon, je veux vivre au présent. Il y a trop de choses dures et injustes, trop de responsabilités pénibles qui m'attendent. J'ai besoin de temps. Est-ce si terrible ?

Elle se serra contre lui, comme si elle avait peur qu'il ne lui échappe.

— Cela ne pourrait-il pas être une sorte de rêve, Brandon ? Comme dans le film… Un rêve où nous serions seuls au monde, juste pendant quelques semaines…

Il soupira et passa doucement la main sur ses cheveux.

— Pour quelques semaines, Raven. Mais tous les rêves finissent un jour et je veux partager aussi la réalité avec toi.

Raven releva les yeux vers lui et posa une main sur sa joue.

— Comme Joe dans le scénario. Et il y parvient, n'est-ce pas ?

— Oui, répondit Brandon avant de se pencher vers elle pour l'embrasser tendrement. Et il prouve que les rêves peuvent devenir réalité…

— Mais je ne suis pas un rêve, objecta Raven.

— Pour moi, si.

Elle lui sourit et il sentit son cœur se réchauffer tandis que ses doutes et ses questions refluaient de nouveau. Elle était là, avec lui, et elle l'aimait. Que lui fallait-il de plus ?

Prenant sa main, elle la posa sur sa gorge.

— Je t'avais dit que je te rappellerais où tu t'étais arrêté, lui dit-elle. Et je crois que nous en étions là lorsque nous avons été interrompus.

— C'est vrai, acquiesça Brandon en détachant le deuxième bouton de son chemisier. Dois-je en conclure que tu as renoncé à cette promenade ?

Raven se tourna vers la fenêtre et observa le soleil magnifique qui brillait au-dehors.

— Finalement, je crois que la lumière n'est pas aussi belle que cela, déclara-t-elle en riant. Nous ferions mieux de rester tranquillement à la maison.

— Tu as probablement raison, approuva Brandon en passant au bouton suivant.

Chapitre 12

Mme Pengalley se faisait un devoir de nettoyer la salle de musique chaque fois que Raven et Brandon la laissaient seule dans le cottage. Après tout, ils passaient là la majeure partie de leur temps à travailler — ou, en tout cas, à faire ce que les gens du show-business comme eux considéraient comme du travail…

Mme Pengalley ramassa les tasses qui traînaient sur la table et, fidèle à son habitude, les renifla. C'était du thé. De temps à autre, elle trouvait un verre de vin ou de bourbon mais elle était bien forcée d'admettre que M. Carstairs ne semblait pas être un gros buveur…

A vrai dire, Mme Pengalley était un peu déçue. Ces gens-là ne semblaient pas vivre très différemment des personnes normales. Lorsqu'elle avait appris qu'ils passeraient environ trois mois au cottage, elle s'était imaginé qu'ils donneraient des fêtes orgiaques comme le faisaient toujours les gens du show-business.

Elle s'était attendue à voir arriver des dizaines de voitures de sport, des femmes avec des robes impossibles et des hommes aussi beaux que des dieux grecs. Elle avait prédit à M. Pengalley que ce n'était qu'une question de temps, qu'il verrait bien…

Mais il n'avait rien vu du tout. Il n'y avait eu ni fête, ni voitures de sport, ni robes extravagantes. Juste M. Carstairs et ce joli brin de fille aux grands yeux gris qui chantait mieux qu'un oiseau. A la voir, on avait peine à imaginer qu'elle puisse faire partie d'un de ces groupes de sauvages comme elle en voyait à la télévision…

Mme Pengalley s'approcha de la fenêtre pour secouer la poussière des rideaux. Elle vit Raven et Brandon qui se promenaient main dans la main au bord de la falaise et songea qu'ils étaient bien mignons, tous les deux. C'était vraiment dommage qu'ils gâchent leurs vies dans un milieu aussi peu respectable.

Mme Pengalley entreprit alors de dépoussiérer les meubles. Mais ce n'était pas très commode avec tous les papiers qu'ils laissaient traîner partout. Des partitions, des textes sans queue ni tête et même, parfois, des petits dessins amusants.

Ne connaissant rien au solfège, Mme Pengalley ne pouvait juger de la qualité de la musique que ces deux-là composaient mais elle trouvait les paroles assez jolies. Ce qu'elle ne comprenait pas, en revanche, c'était pourquoi ils s'entêtaient à écrire des strophes qui ne rimaient pas.

De son temps, les chanteurs se fatiguaient quand même un peu plus que cela, songea-t-elle avec une pointe de fatalisme.

*
* *

Près de la falaise, le vent de la mer s'était mis à souffler et Brandon passa un bras autour des épaules de Raven qui frissonnait. La faisant pivoter sur elle-même, il l'embrassa soudain avec passion. Elle se laissa faire, s'accrochant à lui pour ne pas perdre l'équilibre.

— Qu'est-ce que j'ai fait pour mériter ça ? demanda-t-elle lorsqu'ils se séparèrent enfin.

— C'était pour donner une leçon à Mme Pengalley. Elle nous observe par la fenêtre du salon.

— Brandon ! Tu es incorrigible ! s'exclama-t-elle en riant.

Il déposa sur ses lèvres un nouveau baiser qui eut raison de ses protestations. Elle le lui rendit avec ferveur et il la serra fougueusement contre lui. Raven était aux anges. Le contact des lèvres de Brandon sur les siennes, la caresse du soleil sur ses joues, le vent frais dans ses cheveux et l'odeur entêtante du chèvrefeuille et des roses se mêlaient en elle et lui procuraient une sensation de bien-être absolu.

— Ça, lui dit enfin Brandon, c'était pour moi.

— Si tu veux dédicacer un baiser à quelqu'un d'autre, je suis prête, répondit-elle en souriant.

Brandon ébouriffa ses cheveux.

— Je crois que nous avons suffisamment choqué Mme Pengalley comme cela, fit-il en riant. Je crois que son mari va en entendre de toutes les couleurs sur les gens du show-business…

— Alors c'est juste pour cela que tu sors avec moi ? Pour choquer tes pauvres gardiens ?

— Entre autres…

Raven éclata de rire et lui reprit la main.

Ils continuèrent à cheminer en silence le long de la falaise. Raven observait attentivement le vol des mouettes qui survolaient la mer et plongeaient parfois pour attraper un poisson.

La bande originale était presque terminée, à présent. Il ne leur restait plus que quelques arrangements à revoir avant de tout passer en revue. En fait, Raven savait pertinemment qu'ils faisaient durer les choses alors qu'ils auraient pu finir très rapidement.

Mais elle ne voulait pas briser la magie de ces dernières semaines.

Raven n'était pas certaine de savoir ce que Brandon attendait d'elle. Chaque fois qu'il avait fait mine d'en parler, elle avait détourné la conversation, comprenant que cela viendrait tout compliquer.

Car elle avait parfaitement conscience du fait que, dès qu'ils quitteraient cet endroit, ils seraient rapidement rattrapés par la réalité. S'ils restaient ensemble, il leur faudrait décider s'ils rendraient leur liaison publique, où ils s'installeraient, comment ils coordonneraient leurs emplois du temps respectifs…

Mais, si elle connaissait d'avance les questions qui se poseraient, elle ignorait tout des réponses.

Brandon et elle exerçaient un métier exigeant. Leurs engagements étaient nombreux et aléatoires et les empêchaient d'aspirer à une vie normale. Ils passeraient une bonne partie de leur vie en tournée loin l'un de l'autre, traverseraient des périodes de travail intensif et de liberté totale qui ne seraient peut-être pas faciles à coordonner.

Ils ne pourraient pas non plus espérer jouir d'une réelle intimité. Leurs moindres faits et gestes seraient rapportés et commentés par la presse. Leurs photos s'étaleraient dans les journaux en marge d'histoires vraies ou fictives. Les pires, ce seraient celles qui contiendraient une part de vérité et une part de mensonge.

Pour surmonter cela, il leur faudrait énormément d'amour et de détermination. Et, même s'ils en avaient assez, Raven devrait faire face à ses propres démons.

Parviendrait-elle à se défaire de la peur d'être abandonnée de nouveau ? Réussirait-elle à oublier la souffrance qu'il lui avait causée lorsqu'il était parti, la première fois ? Tant qu'elle en serait incapable, elle ne pourrait pas se donner pleinement à lui.

Et ce n'était pas tout… La mère de la jeune femme constituait encore une autre barrière entre eux. C'était une responsabilité qu'elle n'avait jamais voulu partager avec quiconque. Même Julie, qui était au courant, lui reprochait de ne jamais s'en décharger sur elle. Trouverait-elle la force de le faire avec Brandon ?

Enfin, et c'était peut-être le plus difficile, elle devrait se remettre profondément en cause. Des années auparavant, elle s'était promis de ne jamais dépendre de qui ou de quoi que ce soit. Croirait-elle suffisamment en son amour pour accepter de faire confiance de nouveau ?

Toutes ces interrogations l'angoissaient et, si elle avait pu trouver un moyen de le faire, Raven aurait prolongé indéfiniment leur séjour dans les Cornouailles. Mais c'était impossible, bien sûr, et chaque jour qui passait la rapprochait un peu plus de la fin de cette douce période d'innocence.

Il ne lui restait plus qu'à espérer que, comme le lui avait dit Brandon, le rêve pouvait devenir réalité…

Brandon observait le visage de Raven tandis qu'elle regardait la mer sans la voir. Une fois de plus, elle s'était retirée dans ses pensées.

Cela lui arrivait de plus en plus souvent et il commençait à avoir peur. Il aurait tout donné pour pouvoir l'atteindre, pour qu'elle lui fasse confiance et accepte de partager avec lui les doutes et les angoisses qui se reflétaient dans ses yeux.

Bientôt, leur séjour dans les Cornouailles prendrait fin, et alors ils auraient de nouveaux choix à faire, de nouvelles responsabilités à assumer. Que se passerait-il s'ils n'arrivaient pas d'ici là à combler le gouffre qui s'était creusé entre eux au cours de ces cinq dernières années ?

Raven poussa un profond soupir, et Brandon lui caressa doucement l'épaule.

— A quoi penses-tu ?

— Je me disais que de tous les endroits que j'ai visités c'est celui-ci que je préfère, répondit-elle.

— Je savais que tu l'aimerais si je parvenais à t'y amener, dit Brandon. A un moment, j'ai bien cru que tu refuserais pour de bon. Et je n'avais aucun plan de rechange si celui-ci échouait...

Raven fronça les sourcils.

— Un plan ? répéta-t-elle. De quoi parles-tu ?

— Eh bien, je voulais t'attirer ici pour que nous soyons seuls, tous les deux...

— Je croyais que tu voulais écrire une bande originale avec moi, fit-elle, mal à l'aise.

— Disons que ce projet est tombé à point nommé.

Raven sentit un frisson la parcourir.

— Que veux-tu dire ? articula-t-elle.

— Que tu n'aurais jamais accepté de travailler avec moi s'il n'avait pas été aussi tentant. Et encore moins de venir habiter ici pendant plusieurs semaines...

— Alors tu t'es servi de *Fantasy* comme d'un appât ?

— Bien sûr que non ! J'ai eu envie de travailler avec toi dès qu'on m'a proposé d'écrire cette bande originale. Et cela tombait à pic...

— Je crois que Julie a raison : je n'ai jamais été bonne pour les jeux de stratégie. Car c'est bien de cela qu'il s'agit, n'est-ce pas ?

Sur ce, la jeune femme se détourna et fit mine de s'éloigner. Brandon la retint par le bras, ne comprenant pas ce qui pouvait motiver ce brusque mouvement d'humeur.

— Comment as-tu pu faire une chose pareille ? s'exclama-t-elle en le fusillant du regard.

Ses yeux avaient la couleur de l'orage et ses joues étaient empourprées par la colère.

— Je ne comprends pas, murmura-t-il, interloqué.

— Comment as-tu pu utiliser ce projet pour me piéger et m'attirer ici ? s'emporta-t-elle.

— J'aurais fait n'importe quoi pour te reconquérir, répondit-il. Et ce n'était pas un piège : je ne t'ai jamais menti.

— Si ! Le soir où nous avons dîné ensemble et où tu as voulu m'embrasser dans la voiture. Tu m'as assuré que notre travail sur *Fantasy* et notre situation personnelle étaient deux choses distinctes !

Brandon détourna le regard, se sentant pris en faute.

— D'accord, soupira-t-il. Je reconnais que j'ai menti, cette fois-là. Mais qu'est-ce que cela change ? Ne sommes-nous pas heureux, ensemble ? Pourquoi te mets-tu dans un état pareil ? Je t'aime et tu m'aimes. Que veux-tu de plus ?

— Je ne veux pas être manipulée ! s'exclama-t-elle rageusement. Et surtout pas par l'homme que j'aime, justement ! C'est à moi seule de gérer ma vie comme je l'entends et de prendre mes propres décisions !

— Je ne t'ai jamais forcée à faire quoi que ce soit, protesta Brandon.

— Non, bien sûr ! Tu m'as seulement menée par le bout du nez jusqu'à ce que je choisisse ce qui était le mieux pour moi. Pourquoi n'as-tu pas été honnête avec moi ?

— Je l'ai été ! s'emporta Brandon. Souviens-toi du premier jour où je suis venu chez toi. Qu'ai-je commencé par faire ? Je t'ai embrassée. Je t'ai dit que nous étions faits l'un pour l'autre. Mais ma simple présence paraissait te répugner... S'il n'y avait pas eu *Fantasy*, tu n'aurais jamais accepté de me revoir. Le nieras-tu ?

Raven ne répondit pas, sachant que c'était probablement la stricte vérité.

— Qu'ai-je fait, alors ? Je t'ai invitée à dîner. Et je t'ai de nouveau embrassée. Tu m'as encore repoussé et je t'ai dit que j'étais prêt à jouer selon *tes* règles mais que je croyais toujours que nous avions un avenir, toi et moi.

— Peut-être mais tu n'avais pas le droit pour autant de me manipuler de cette façon !

— Mais de quelle manipulation parles-tu ? Je t'ai proposé de collaborer avec moi et tu as accepté. J'ai suggéré un endroit à l'écart des curieux et de la presse et tu as accepté. Evidemment, je pensais que cela nous donnerait une chance de nous retrouver ! Mais t'ai-je forcé la main ? T'ai-je harcelée ? Ai-je à tout prix cherché à t'attirer dans mon lit ? Non. Chaque fois que tu me repoussais, je m'inclinais alors que je mourais d'envie de faire l'amour avec toi. Au bout d'un moment, je n'ai même plus essayé de te toucher. Je me suis comporté en ami, rien de plus. J'espérais juste que tu finirais par te rendre compte par toi-même de ce que nous pouvions avoir de plus…

— Quelle noblesse ! s'exclama ironiquement Raven. Quelle grandeur d'âme ! Malheureusement, tu oublies un petit détail, Brandon.

— Vraiment ? Et puis-je savoir lequel ?

— Il y a cinq ans, ce n'est pas moi qui t'ai quitté. C'est toi qui es parti. Sans me donner la moindre explication, la moindre raison valable ! Moi, je t'aimais. Je t'aimais comme je n'avais jamais aimé personne auparavant et comme je n'ai jamais aimé personne après toi. Tu m'as brisé le cœur. Tu as réduit à néant le peu de fierté, le peu de confiance en moi que j'avais pu reconquérir après des années de honte et de culpabilité ! Alors que t'imaginais-tu en débarquant dans ma vie, cinq ans plus tard ? Que je tomberais dans tes bras ? Que je te remercierais d'être revenu vers moi ? Que je pourrais te faire confiance ? Tu dis que tu voulais me reconquérir ! Si tu avais vraiment voulu le faire, tu aurais peut-être pu commencer par m'expliquer pourquoi *tu* étais parti, pourquoi *tu* m'avais abandonnée ! Mais, au lieu de cela, tu as préféré m'attirer dans un piège, me manipuler et me séduire !

Raven se détourna brusquement et, sans attendre sa réponse, elle se dirigea à grands pas vers la maison. Des larmes de colère et de désespoir coulaient le long de ses joues, brouillaient sa vision. Mais elle ne ralentit pas.

Au moment où elle pénétrait dans la maison, Mme Pengalley s'apprêtait à en sortir.

— J'étais sur le point d'aller vous chercher, mademoiselle. Il y a un appel pour vous. De Californie…

Mme Pengalley avait assisté par la fenêtre à la dispute de Brandon et Raven. Sur le coup, elle n'avait pas été surprise : il était de notoriété publique que les couples du show-business ne duraient jamais très longtemps.

Mais, maintenant qu'elle voyait le désespoir qui se lisait dans les grands yeux de Raven, elle se sentait vraiment désolée pour elle.

— Je vais vous préparer une bonne tasse de thé, lui dit-elle gentiment.

— Merci, répondit Raven d'un air absent en se dirigeant vers le téléphone.

Dehors, elle entendit démarrer la voiture de Brandon, qui avait sans doute estimé préférable de partir faire un tour pour réfléchir à ce qu'elle venait de lui dire.

— Allô ? fit-elle en s'emparant du combiné.

— Raven ? C'est Julie.

— Salut… Tu es rentrée de Grèce ?

— Depuis deux semaines déjà…

Percevant la tension dans la voix de son amie, Raven sentit un frisson glacé la parcourir.

— Julie… ? articula-t-elle, incapable de poursuivre.

— Elle a eu un accident, Raven. Il vaudrait mieux que tu rentres le plus vite possible.

— Est-ce qu'elle est… ?

Julie hésita un instant avant de répondre.

— Elle ne s'en sortira pas, Raven. Je suis navrée… Karter dit que c'est une question d'heures.

Le cœur battant, Raven s'appuya contre le mur, les jambes flageolantes.

— Qu'est-ce que tu comptes faire ? demanda Julie.

— Prendre le premier avion…

— Tu veux que je vienne te chercher à l'aéroport ?

— Non. Je prendrai un taxi pour la clinique. Dis à Karter que j'arrive dès que possible. Julie… s'il te plaît, reste avec elle.

— Bien sûr, ma chérie. Tu peux compter sur moi.

Raven raccrocha et resta longuement immobile, contemplant sans le voir le mur qui lui faisait face. Mme Pengalley revint alors de la cuisine avec un plateau sur lequel étaient disposées une tasse de thé et une assiette de scones beurrés.

Avisant le visage livide de la jeune femme, elle le posa sur la table basse la plus proche et alla chercher la bouteille de cognac dans le bar de Brandon. Elle en servit un verre qu'elle tendit à Raven.

— Buvez, l'encouragea-t-elle.

La jeune femme la regarda d'un air absent et Mme Pengalley porta le verre à sa bouche. Par réflexe, Raven avala une gorgée et se mit à tousser. Mais la sensation de brûlure l'aida à recouvrer un semblant de contrôle de soi. Brusquement, elle trouva terriblement ironique de boire sa première gorgée d'alcool alors que sa mère était justement en train de mourir…

— Ça va mieux, mademoiselle ? lui demanda Mme Pengalley.

— Oui, merci, répondit la jeune femme en essayant désespérément de remettre de l'ordre dans ses pensées. Madame Pengalley, il faut que je rentre aux Etats-Unis le plus vite possible. Pourriez-vous faire ma valise pendant que j'appelle l'aéroport, s'il vous plaît ?

— Bien sûr... Mais vous devriez peut-être attendre un peu. Je suis sûre qu'il est allé se rafraîchir les idées et qu'il ne tardera pas à rentrer. Ils reviennent tous, vous savez...

Raven fronça les sourcils avant de comprendre qu'elle parlait de Brandon.

— Je ne sais pas s'il reviendra avant mon départ, répondit-elle. Si ce n'est pas le cas, pourriez-vous demander à votre mari de m'emmener à la gare ? Je suis désolée de lui imposer cette corvée mais c'est vraiment très important...

— Je suis sûre que cela ne lui posera aucun problème, déclara Mme Pengalley. Je m'occupe de votre valise.

— Merci infiniment.

Raven appela l'aéroport et réserva un billet en début de soirée. Même si Brandon ne rentrait pas à temps, cela lui laisserait le temps de prendre le train pour l'aéroport de Bristol et, de là, un avion pour Heathrow.

Lorsque M. Pengalley vint la chercher en voiture, une demi-heure plus tard, Brandon n'était toujours pas revenu. Elle ne pouvait pas courir le risque de l'attendre et décida de lui laisser un mot.

> *Brandon,*
> *Ma mère a eu un problème et j'ai dû partir pour Los Angeles en urgence. Appelle-moi. Je t'aime,*
>
> *Raven*

C'était un peu laconique mais elle n'avait pas le courage de détailler ce qui venait de se passer. De toute façon, songea-t-elle, il lui téléphonerait probablement dès qu'elle serait de retour chez elle et elle aurait alors l'occasion de tout lui expliquer...

Chapitre 13

Il fallut cinq jours à Raven pour émerger de l'état second dans lequel elle se trouvait depuis qu'elle était rentrée à Los Angeles. Karter avait vu juste au sujet de sa mère : elle était morte quelques heures après le coup de téléphone que lui avait passé Julie.

En arrivant, Raven avait donc dû faire face à la fois au deuil et à la culpabilité de n'être pas arrivée à temps. Fort heureusement, son attention fut monopolisée par les nombreuses formalités qui suivaient généralement un décès.

Elles l'empêchèrent de s'apitoyer sur son propre sort. Elle finit même par se demander si ce n'était pas là la véritable raison d'être de toutes les traditions et obligations associées à ce genre d'événement.

Ce fut Karter qui se chargea de répondre aux questions de routine des policiers et qui s'assura que la presse n'aurait pas vent de cette histoire.

Finalement, lorsque l'agitation retomba et que sa mère fut ensevelie, il ne resta plus à Raven qu'à accepter que la femme qu'elle avait tant aimée et méprisée à la fois n'était plus.

Elle ne la pleura pas, ayant passé sa vie à le faire, mais décida qu'il était temps de tourner la page et de s'autoriser enfin à être heureuse. Elle n'était plus responsable de la vie de sa mère, désormais, et elle allait enfin pouvoir se consacrer pleinement à la sienne.

Elle appela donc la maison des Cornouailles à plusieurs reprises mais ne put jamais obtenir de réponse. Elle faillit prendre l'avion pour y retourner mais se rendit compte que c'était absurde. Si Brandon ne lui répondait pas, cela signifiait probablement qu'il était parti.

Elle essaya de le joindre chez lui, à Londres, mais sans plus de résultat. Par acquit de conscience, elle laissa un message sur son répondeur et attendit qu'il la rappelle. Mais il n'en fit rien. La mort dans l'âme, elle finit par conclure qu'il ne lui avait pas pardonné leur dernière dispute et avait décidé de tirer un trait sur leur histoire.

Raven décida alors de se remettre au travail au plus vite. Elle ne voulait pas rester chez elle à ne rien faire et à broyer du noir. Elle contacta donc Henderson et ils convinrent de se retrouver pour déjeuner ensemble le midi même.

Lorsqu'elle raccrocha, Raven aperçut son reflet dans le miroir de sa coiffeuse. Elle était pâle, avait les traits tirés et, dans ses yeux, elle lut une détresse muette qui la faisait paraître étrangement vulnérable. En cet instant, elle n'avait vraiment plus rien d'une rock-star survoltée prête à affronter un public de plusieurs milliers de personnes…

Bien décidée à remédier à cela, elle alla chercher

sa trousse de maquillage et entreprit de se donner des couleurs et d'atténuer les cernes qui creusaient ses yeux.

Une demi-heure plus tard, elle descendit au rez-de-chaussée, vêtue de l'une de ses robes préférées. Elle avait attaché ses cheveux et enfilé quelques bijoux. Maintenant, elle se sentait prête à reprendre les rênes de son existence.

— Raven ? l'interpella Julie, étonnée. Tu sors ?

— Oui. Si je peux mettre la main sur mes clés de voiture…

— Est-ce que ça va mieux ?

— Beaucoup mieux, répondit-elle avec un peu plus de conviction qu'elle n'en éprouvait réellement. J'ai décidé d'essayer de ne plus pleurer sur mon sort.

Raven vit alors Wayne sortir du bureau de Julie et lui sourit.

— Salut, fit-elle. Je ne savais pas que tu étais là.

— Salut, Raven. J'aime beaucoup ta robe, tu sais…

— Tu peux. Tu me l'as fait payer suffisamment cher !

— Ne sois pas mesquine, ma chérie ! Tu sais bien que l'art n'a pas de prix.

Par réflexe, il rajusta les bretelles du vêtement et s'assura que les plis tombaient bien.

— Où vas-tu ? demanda-t-il alors.

— Chez Alphonso. Je dois retrouver Henderson pour déjeuner.

— Tu n'as pas lésiné sur le blush, remarqua

Wayne en effleurant la joue de la jeune femme du bout de l'index.

— J'en avais assez d'être toute pâle.

Elle posa ses mains sur les joues de Wayne et l'attira à elle pour l'embrasser.

— Je voulais te remercier d'avoir été là pour moi, ces derniers jours. Comme d'habitude, tu as été un roc !

— Oh, j'avais juste besoin de m'échapper du bureau, répondit modestement son ami.

— Je t'adore ! Mais tu peux arrêter de te faire du souci pour moi. Et toi aussi, Julie ! J'ai justement rendez-vous avec Henderson pour lui parler d'un nouveau projet de tournée.

— Mais Raven ! protesta Julie. Tu travailles comme une folle depuis six mois : d'abord l'album, puis la tournée et, enfin, la bande originale de *Fantasy...* Ce dont tu as besoin, maintenant, c'est de faire une pause.

— Au contraire ! Une pause est bien la dernière chose au monde qu'il me faut ! Je veux travailler.

— Pourquoi ne prendrais-tu pas des vacances ? insista son amie. Il y a quelques mois, tu parlais de trouver une cabane au fin fond des montagnes, dans le Colorado...

— C'est vrai. Je voulais me retrouver seule et écrire un album... Mais c'est toi qui m'as dit que ta définition du rustique se limitait à une margarita au bord d'une piscine. Tu te rappelles ?

— Disons que j'ai changé d'avis. Je vais de ce pas aller acheter des chaussures de randonnée…

Wayne fit mine de s'étrangler.

— Tu es adorable, s'exclama Raven en riant. Mais ce ne sera vraiment pas nécessaire. J'ai besoin de me dépenser physiquement. Et, pour cela, je compte suggérer à Henderson une tournée en Australie. Il paraît que j'ai de nombreux fans, là-bas…

— Je pense plutôt que tu devrais parler à Brandon, objecta gravement Julie.

— J'ai essayé de l'appeler mais il est injoignable. Apparemment, il ne veut pas me parler. Et je ne suis pas certaine de lui en vouloir…

— Mais il est amoureux de toi, insista Wayne. Des centaines de spectateurs ont pu voir voler les étincelles lorsque vous vous êtes embrassés lors du concert de New York !

— C'est vrai. Il m'aime. Et je l'aime. Mais, apparemment, cela ne suffit pas. Je ne comprends pas exactement pourquoi mais c'est ainsi.

Wayne allait répliquer mais elle le fit taire d'un geste.

— Non… Je crois que le mieux, c'est que je l'oublie pour le moment. Tout le monde n'a pas la chance d'être aussi heureux en amour que vous deux…

Wayne et Julie échangèrent un regard embarrassé et elle éclata de rire.

— Moi aussi, j'ai remarqué certaines étincelles,

déclara-t-elle. Mais j'avoue que je n'en suis toujours pas revenue… Tout cela paraît si soudain !

— Soudain ? s'exclama Wayne. Mais cela fait six ans que cela dure !

Raven le contempla avec stupeur et il hocha la tête.

— Six ans que je me refuse à être un parmi tant d'autres…

— Et six ans que je pense qu'il est amoureux de toi, compléta Julie.

— De moi ? s'exclama Raven en éclatant de nouveau de rire.

— Je ne vois pas ce que cela a de drôle, protesta Wayne. Certaines personnes ont le bon goût de me trouver très attirant…

— Mais tu l'es ! lui assura la jeune femme. Simplement, je n'arrive pas à croire que quelqu'un ait pu penser que tu étais amoureux de moi. Surtout Julie qui nous connaît depuis longtemps. Tout le monde sait que tu n'aimes que les mannequins en bas âge !

— Je ne sais pas si le moment est bien choisi pour aborder le sujet, dit Wayne, un peu gêné.

— Cela ne fait rien, déclara Julie. Le passé de séducteur de Wayne ne me dérange pas.

— Puis-je au moins savoir comment c'est arrivé ? s'enquit Raven, amusée. Il suffit que je tourne le dos pendant quelques semaines et voilà que mes deux meilleurs amis se mettent en ménage !

— Eh bien, j'étais confortablement installée sur ma chaise longue, le premier jour de ma croisière en Grèce, lorsque j'ai eu la surprise de voir arriver Wayne vêtu d'un beau costume blanc...

— Vraiment ? s'écria Raven, de plus en plus sidérée. Mais qu'est-ce que tu faisais là-bas ? Ne me dis pas que c'est un hasard !

— Pas tout à fait... Lorsque Julie a parlé de cette croisière dans ta loge, à New York, je me suis dit que l'occasion tant attendue était peut-être enfin arrivée. En tout cas, si j'arrivais à l'aborder avant qu'elle n'ait séduit un milliardaire en voilier ou un marin du bord...

— C'est amusant parce que je suis effectivement sortie avec un milliardaire sur un voilier, remarqua Julie. Quant aux marins...

— Là n'est pas la question, l'interrompit Wayne, offusqué. Ce qui compte, c'est que j'ai réussi à découvrir le nom du bateau sur lequel Julie devait embarquer et que j'ai retenu une cabine. Le reste a été un jeu d'enfant...

— Vraiment ? demanda Julie en levant un sourcil.

Wayne la prit dans ses bras et déposa un petit baiser sur ses lèvres.

— Tout à fait... Il faut dire que la plupart des femmes me trouvent irrésistible...

— Eh bien, il va falloir qu'elles arrêtent si elles ne veulent pas que je leur torde le cou ! déclara Julie d'un ton menaçant.

— Je crois que vivre avec cette femme va être un véritable calvaire, soupira Wayne avant de l'embrasser tendrement.

— Je suis certaine que vous serez très malheureux l'un avec l'autre, leur dit Raven. Et je suis vraiment désolée pour vous. Dites-moi juste quand aura lieu le mariage, si mariage il y a…

— Absolument ! s'exclama Wayne. Nous ne nous faisons pas assez confiance l'un et l'autre pour envisager une solution moins contraignante.

Il décocha à Julie un sourire qui donna inexplicablement envie de pleurer à Raven. Elle les serra tous deux contre elle.

— J'avais vraiment besoin d'entendre quelque chose comme ça, en ce moment, leur dit-elle. Bien, je vous laisse, maintenant. Je suis sûre que vous trouverez de quoi vous occuper pendant mon absence. Est-ce que je peux annoncer la nouvelle à Henderson ou est-ce que c'est un secret ?

— Tu peux le lui dire, répondit Julie. De toute façon, nous comptons sauter le pas la semaine prochaine.

Raven ouvrit des yeux ronds.

— Eh bien ! On peut dire que vous ne perdez vraiment pas de temps, tous les deux !

— Quand le moment est venu, il faut savoir le saisir, répondit Wayne.

Raven sourit tristement.

— Je suppose que vous avez raison… En tout cas, mettez une bouteille de champagne au réfrigérateur pour que nous puissions célébrer dignement l'événement lorsque je reviendrai de mon déjeuner.

Je devrais être là dans deux ou trois heures tout au plus.

La jeune femme se dirigeait vers la sortie lorsque Julie l'interpella.

— Raven, tu oublies encore ton sac à main !

En souriant, Julie le lui apporta.

— Dis, lorsque tu seras au restaurant, n'oublie pas de manger, d'accord ?

— Promis, répondit Raven en riant.

Une heure plus tard, Raven était confortablement installée sous la véranda du restaurant Alphonso. Dans la salle se trouvaient au moins une dizaine de personnes qu'elle connaissait personnellement et elle avait dû aller les saluer avant de rejoindre son agent à la table qu'il avait réservée pour eux.

La pièce dans laquelle ils se trouvaient ressemblait à une jungle emplie de plantes et de fleurs exotiques. Les rayons de soleil qui filtraient à travers la vitre du plafond et les plantes grimpantes conféraient à l'endroit une atmosphère chaleureuse et riante.

Le sol était recouvert de carreaux de céramique et une fontaine se dressait dans un coin. Le bruit de l'eau qui se déversait dans le bassin atténuait en partie le brouhaha des conversations. Il émanait de l'ensemble une impression d'élégance décontractée qui plaisait beaucoup à Raven.

Mais, pour le moment, elle ne prêtait aucune attention au décor et se concentrait exclusivement sur son agent. Henderson était un homme très grand au physique trapu. Sa silhouette l'aurait plus facilement fait passer pour un bûcheron que pour le négociateur retors qu'il était.

Il avait des cheveux roux qui bouclaient légèrement sur le sommet de son crâne et des yeux bleus qui pouvaient passer en un instant de la bonhomie à l'orage. Une pluie de taches de rousseur complétait ce physique débonnaire et faussement rassurant.

Henderson se montrait d'une fidélité intraitable envers les artistes qu'il avait choisi de protéger. Tous savaient qu'ils pouvaient compter sur lui en toutes circonstances. Et il défendait leurs intérêts avec la férocité du lion quand il s'agissait de négocier leurs contrats. Raven savait qu'il avait toujours eu un faible pour elle et elle lui faisait entièrement confiance.

Pour le moment, il l'écoutait développer son idée de tournée en Australie et en Nouvelle-Zélande. Le dernier album qu'elle avait enregistré venait tout juste de sortir et, déjà, les chiffres étaient très encourageants. Si la tendance se confirmait, il se retrouverait bientôt en tête des ventes dans sa catégorie.

Henderson ne tarda pas à remarquer que Raven se gardait de toute allusion à la bande originale de *Fantasy*. Il savait pourtant que Brandon avait transmis les partitions de tous les morceaux à Jarett et que celui-ci avait été enthousiasmé. En revanche, aucun d'entre eux n'avait encore été enregistré.

Raven avait-elle décidé de laisser Brandon

superviser cette partie du travail ? Ou bien fallait-il croire les rumeurs qui prétendaient qu'ils s'étaient disputés et qu'elle était rentrée aux Etats-Unis sur un coup de tête ?

L'intuition de Henderson le faisait pencher pour la seconde hypothèse. Elle avait au moins le mérite d'expliquer pourquoi Raven parlait à bâtons rompus depuis une demi-heure, sautant sans cesse du coq à l'âne.

— Bien, dit-il lorsqu'elle eut terminé. A priori, je ne vois aucune raison pour ne pas entreprendre cette tournée dans le Pacifique.

— Tant mieux ! s'exclama Raven en jouant avec son plat de pâtes, qu'elle avait à peine entamé.

— Et, pendant que je l'organiserai, tu devrais prendre des vacances.

— Je pensais plutôt en profiter pour faire quelques apparitions télévisées.

— C'est effectivement une possibilité, reconnut Henderson. Mais cela ne t'empêche pas de te reposer avant...

— Je veux travailler, pas prendre des vacances ! protesta Raven.

Elle fronça les sourcils, l'observant d'un air suspicieux.

— Tu n'aurais pas parlé à Julie, par hasard ?

— De quoi ? demanda Henderson, étonné.

— De rien, éluda Raven, incapable de déterminer si sa surprise était feinte ou non. Alors, ces émissions ?

— Tu sais que tu as perdu du poids, observa-t-il. Cela se voit sur ton visage. Tu devrais manger un peu plus.

Raven jeta un coup d'œil à son assiette aux trois quarts pleine et avala une petite bouchée.

— Pourquoi est-ce que tout le monde me traite comme une enfant attardée ? soupira-t-elle, exaspérée. Je crois que je vais devoir commencer à me conduire en star capricieuse et caractérielle si je veux être prise au sérieux !

Henderson marmonna un commentaire désobligeant à l'égard de ce type de personnes qui constituaient le cauchemar par excellence de tout agent.

— Tu veux un dessert ? demanda-t-il enfin.

— Non, merci. Juste un café.

Il fit signe au serveur et commanda une tarte à la myrtille pour lui et deux cafés avant de se carrer confortablement dans sa chaise.

— Que devient *Fantasy* ? dit-il d'un air parfaitement innocent.

Raven fit tourner nerveusement son verre d'eau entre ses doigts.

— Nous avons fini.

— Et ?

— Et quoi ? fit-elle.

Les yeux de Henderson s'étrécirent et elle comprit qu'il ne se contenterait pas d'une réponse aussi vague.

— Nous avons composé tous les morceaux. Il se peut qu'il reste un dernier polissage à effectuer mais je ne pense pas que cela posera problème. Si tel était le cas, cependant, je suis certaine que Brandon ou son agent prendront contact avec toi.

— C'est donc Brandon qui se chargera de l'orchestration ? demanda Henderson.

— Oui.

— Mais il est probable que Jarett aura encore besoin de vous deux au moment de la postproduction. Il voudra certainement rallonger certains morceaux, en raccourcir d'autres ou en ajouter de nouveaux.

— Je n'avais pas pensé à ça, admit la jeune femme. Mais je m'en préoccuperai quand le moment sera venu.

— Comment s'est passée votre collaboration ?

— Nous avons écrit une musique meilleure encore que ce que nous aurions pu faire séparément, répondit-elle. J'en suis convaincue. Et nous n'avons eu aucun mal à travailler ensemble, ce qui m'a un peu étonnée, je l'avoue…

— Pourquoi pensais-tu que ce serait difficile ? demanda-t-il tandis que le serveur leur apportait sa part de tarte et leurs cafés.

— Je ne sais pas, éluda-t-elle avant de porter sa tasse à ses lèvres.

— Vous aviez pourtant déjà travaillé ensemble, insista Henderson. Sur *Clouds and Rain*…

Il vit la jeune femme se rembrunir mais poursuivit d'un air faussement détaché.

— A ce propos, savais-tu que les ventes de ce

morceau avaient explosé depuis votre duo à New York ? Cela vous a également attiré pas mal de publicité gratuite dans les journaux.

— Je n'en doute pas, marmonna aigrement Raven.

— En tout cas, reprit son agent, on m'a posé beaucoup de questions sur votre compte, au cours des dernières semaines. Et pas seulement la presse. J'étais à une soirée, l'autre jour, et je dois dire que Brandon et toi étiez le principal sujet de conversation.

— Comme je te l'ai dit, nous avons travaillé ensemble. Brandon avait raison : nous sommes compatibles sur le plan artistique, lui et moi.

— Et sur le plan personnel ? demanda Henderson avant d'avaler une généreuse portion de tarte.

— C'est une question bien indiscrète, répliqua Raven, aussi surprise qu'embarrassée.

— Tu n'es pas obligée de me répondre, dit Henderson. En revanche, lui sera peut-être intéressé…

— Qui ça, lui ?

— Brandon, répondit Henderson avec une parfaite décontraction. Il vient juste d'entrer dans le restaurant.

Le cœur battant à tout rompre, Raven se retourna brusquement sur sa chaise. Aussitôt, ses yeux croisèrent ceux de Brandon. Une joie immense déferla en elle et son premier instinct fut de sauter de sa chaise pour se précipiter dans ses bras.

Elle se préparait d'ailleurs à le faire lorsqu'elle

remarqua l'expression qu'il arborait. Elle reflétait une colère glacée. Raven retomba sur son siège, le suivant des yeux tandis qu'il traversait la salle à grands pas.

Plusieurs personnes le saluèrent mais il ne prit pas même la peine de leur répondre. Rapidement, les conversations moururent et les yeux de tous les convives convergèrent dans sa direction. Un silence de mort planait à présent sur le restaurant.

Il s'immobilisa enfin devant leur table sans la quitter des yeux et sans saluer Henderson qui les observait d'un air fasciné. Son regard était meurtrier et Raven sentit son inquiétude redoubler.

— Allons-y, dit-il enfin.

— Où ça ? articula-t-elle avec difficulté.

— Maintenant ! s'exclama-t-il en lui prenant le bras pour l'arracher de force à son siège.

— Brandon…

Il ne l'écouta même pas et commença à l'entraîner en direction de la sortie. Tous les regards étaient braqués sur eux et la jeune femme sentit monter en elle un brusque élan de colère.

— Lâche-moi ! lui souffla-t-elle d'un ton menaçant. Qu'est-ce qui te prend ? Tu n'as pas le droit de me traiter de cette façon !

Mais Brandon continuait à la remorquer à travers la pièce sans prêter attention à ses protestations.

— Arrête ! s'exclama-t-elle. Ce que tu fais est humiliant !

Il s'immobilisa et la regarda droit dans les yeux.

— Tu préfères peut-être que je te dise ce que je suis venu te dire ici et maintenant ? demanda-t-il à voix haute et distincte.

Ses paroles semblèrent résonner dans le restaurant silencieux. Chacun pouvait sentir la violence contenue qui habitait le chanteur en cet instant. Raven la percevait dans la façon dont il serrait son poignet. Une fois de plus, ils se retrouvaient en ligne de mire mais la scène était très différente de celle qu'ils avaient jouée à New York.

— Non, répondit-elle froidement en s'efforçant de préserver un semblant de dignité. Mais ce n'est pas une raison pour faire une scène, Brandon !

— Pourtant, je suis d'humeur à en faire une, répondit-il avec un accent anglais plus marqué que d'ordinaire, comme chaque fois qu'il se mettait en colère.

Avant qu'elle ait pu rétorquer quoi que ce soit, il se remit en marche et elle se résigna à le suivre. Ils sortirent du restaurant et il l'entraîna jusqu'à une Mercedes garée au coin de la rue. Il la fit alors monter sur le siège côté passager et claqua la portière avant de contourner la voiture pour prendre place au volant.

— Tu veux vraiment une scène ? s'exclama la jeune femme en rage. Eh bien, tu vas en avoir une ! Comment oses-tu… ?

— Tais-toi ! s'écria-t-il.

Comme elle allait protester, il se tourna vers elle et la fusilla du regard.

— Tais-toi jusqu'à ce que nous soyons arrivés ou je te promets que je t'étrangle de mes propres mains !

Chapitre 14

Pendant le trajet qui les conduisit de chez Alphonso au Bel-Air, Raven jugea préférable de garder le silence et de préparer ce qu'elle dirait lorsqu'ils seraient enfin arrivés. Ils descendirent de voiture devant le perron de l'hôtel et Brandon reprit la jeune femme par le bras avant de lancer ses clés au voiturier. Il l'entraîna alors vers l'entrée.

— Je t'ai dit de ne pas me tirer de cette façon ! protesta-t-elle.

— Et moi, je t'ai dit de te taire !

Ils dépassèrent le chasseur qui les observa d'un air un peu étonné et pénétrèrent dans le hall. Raven était à moitié forcée de courir pour se maintenir à la hauteur de Brandon.

— Je refuse que tu me parles ainsi, s'écria-t-elle en essayant vainement de s'arracher à son emprise. Et je refuse d'être traînée dans cet hôtel comme un vulgaire bagage !

Brandon s'arrêta brusquement et la prit par les épaules, la forçant à le regarder dans les yeux. Ses doigts mordaient cruellement dans la chair de la jeune femme.

— Ecoute-moi bien, lui dit-il. J'en ai plus qu'assez

de jouer selon tes règles. Alors, à partir de maintenant, c'est moi qui dirige les opérations, compris ?

Sans lui laisser le temps de répondre, il l'embrassa avec rage. Ses dents mordirent sans pitié les lèvres de la jeune femme tandis qu'il la serrait brutalement contre lui, comme pour la mettre au défi de lui résister.

Lorsqu'il s'écarta enfin d'elle, il la contempla longuement en silence avant de pousser un juron sonore et de l'entraîner en direction de l'ascenseur le plus proche.

Tandis que ce dernier s'envolait vers le dernier étage, Raven tremblait convulsivement sans plus savoir si c'était de peur ou de colère. Brandon sentait son pouls battre la chamade contre ses doigts. Il jura de nouveau mais elle n'osa pas même le regarder. Lorsque les portes s'écartèrent enfin, il gagna directement sa suite.

Après avoir ouvert, il la poussa à l'intérieur et entra à son tour avant de refermer derrière lui. Raven s'éloigna de lui et se plaça au centre de la pièce magnifiquement agencée.

— Brandon…, balbutia-t-elle.

— Non ! C'est moi qui parlerai en premier, cette fois ! déclara-t-il en la défiant du regard.

— D'accord, répondit-elle en massant son poignet endolori.

— Première règle : je ne veux plus que tu me caches quoi que ce soit te concernant comme tu n'as pas arrêté de le faire jusqu'ici.

Raven hocha la tête sans le quitter des yeux. Tandis qu'elle récupérait peu à peu du choc et de la surprise qu'elle avait éprouvée, elle remarqua que les traits de Brandon étaient tirés et que ses yeux étaient cernés de noir. Lui non plus n'avait pas dû dormir beaucoup, ces derniers temps.

— Tu le faisais déjà, il y a cinq ans, reprit-il. Tu n'avais pas confiance en moi.

— Ce n'est pas vrai, protesta-t-elle.

— Si, c'est vrai ! M'as-tu jamais parlé de ta mère ? M'as-tu dit ce que tu ressentais, ce que tu avais traversé ? M'as-tu laissé une chance de t'aider ou, au moins, de te réconforter ?

Prise de court, Raven commençait à se demander où il voulait en venir. En proie à un brusque vertige, elle massa ses tempes douloureuses.

— Non, avoua-t-elle enfin. Ce n'était pas…

— Ce n'était pas quelque chose que tu voulais partager avec moi, je sais, l'interrompit-il.

Il sortit une cigarette et l'alluma. Tirant une profonde bouffée, il se força à recouvrer un semblant de calme.

— Et aujourd'hui ? demanda-t-il d'une voix radoucie. M'aurais-tu dit quoi que ce soit si tu n'avais pas fait ce cauchemar ? Si tu n'avais pas été à moitié endormie et morte de peur, m'aurais-tu fait confiance, cette fois ?

Raven leva les yeux vers lui et affronta son regard.

— Non, répondit-elle enfin.

Cette réponse parut le prendre de court.

— Pourquoi ? articula-t-il.

— Parce que tu m'as trahie, il y a cinq ans. Parce que tu m'as fait tellement de mal que je ne savais même plus si je pouvais te croire…

Brandon ferma les yeux.

— Tu ne m'as jamais demandé pourquoi j'étais parti, lui dit-il.

— C'était à toi de me le dire.

— C'est vrai… Mais j'en étais incapable. Et, même si je l'avais fait, je ne pense pas que tu m'aurais cru.

— Essaie toujours.

Brandon hésita un instant avant de répondre.

— Je suis parti parce que je t'aimais.

— Tu avais raison, lui dit-elle. Je ne te crois pas.

— C'est pourtant la vérité… Lorsque je t'ai abordée à cette fête, tu étais une fille comme les autres, un nouveau trophée à ajouter à ma collection.

Raven sentit son cœur se serrer dans sa poitrine et lutta pour retenir les larmes qui lui montaient aux yeux.

— Je te l'ai dit, soupira Brandon. Je ne veux plus de faux-semblants entre nous…

Il s'interrompit, les yeux dans le vague, comme s'il essayait de revivre la scène.

— Et puis nous sommes allés boire un café ensemble, tu t'en souviens ?

La jeune femme hocha la tête, incapable d'articuler un mot.

— C'est là que les choses ont basculé, je crois.

Tu as commencé à me parler de la musique, de ce qu'elle t'apportait, de ce qu'elle signifiait pour toi… Plus tu parlais et plus j'étais fasciné. Il y avait une pureté en toi que je n'avais encore jamais rencontrée chez aucune autre femme. Une honnêteté et une franchise qui m'ont touché plus que je ne l'aurais voulu…

Il tira une nouvelle bouffée sur sa cigarette et l'écrasa dans le cendrier qui se trouvait sur la table basse.

— C'est la première fois… la seule fois où je suis tombé amoureux… Durant les mois qui ont suivi, mes sentiments pour toi n'ont cessé de croître, de se développer, de s'enrichir. J'aimais tout ce que je découvrais de toi. Je ne pouvais plus m'imaginer vivre sans toi…

— Alors pourquoi m'as-tu abandonnée ? murmura-t-elle d'une voix brisée.

— Parce que j'ai pris peur. Je commençais à m'imaginer des choses… Je nous voyais mariés, fondant un foyer, entourés d'enfants… Et j'ai paniqué. Je me suis dit que j'allais perdre ma liberté, que tu allais m'enfermer, m'étouffer, que je ne pourrais plus créer…

— C'est absurde.

— Oh, oui ! soupira Brandon. Bien plus que tu ne le crois… Car plus j'avais peur et moins je créais. Jusqu'alors, la musique avait toujours été une évidence pour moi. Mais je n'arrivais plus à composer. J'étais vidé, complètement à sec. Et je pensais que c'était parce que tu me rendais si heureux que je n'avais plus rien à dire, plus rien à exprimer.

— Je n'arrive pas à le croire, murmura Raven, stupéfaite. C'est vraiment pour cela que tu es parti ?

— Oui. Je me suis enfui lâchement et je me suis détesté pour cela. J'ai passé des années à essayer de t'oublier dans les bras d'autres femmes. Mais tu me hantais toujours. Je n'arrivais pas à me débarrasser de toi...

— C'est pour cette raison que tu es revenu ?

— Non. Je suis revenu à cause de *Clouds and Rain*. Je me suis rendu compte que c'était l'un des plus beaux morceaux que j'avais écrit et que je l'avais fait avec toi. J'ai compris que ce qui m'avait empêché de créer, à l'époque, ce n'était pas mon amour pour toi mais ma propre peur. J'ai su que je t'avais perdue pour rien, que j'avais gâché toutes ces années sans raison. Alors j'ai décidé de te reconquérir...

Raven pleurait en silence, frappée par l'absurdité de la situation.

— Je suis arrivé aux Etats-Unis sans plan arrêté... Je voulais juste te revoir. Lorsqu'on m'a proposé de composer la bande originale de *Fantasy*, j'ai tout de suite pensé à toi. Tu peux croire que c'était une forme de manipulation. Ce n'est sans doute pas entièrement faux... Mais c'était bien plus que cela. A mes yeux, c'était un symbole : j'avais la possibilité de te reconquérir par la musique alors que c'était pour la musique que je t'avais perdue. Je pensais regagner ton amour et me prouver en même temps que, loin d'être un frein à notre créativité, il pouvait être la pierre de touche d'une œuvre plus belle encore. Et j'avais raison, Raven. J'ai commencé à travailler sur les arrangements de *Fantasy*. Et je te promets que ni toi ni moi n'avons jamais rien écrit de plus beau. A part peut-être *Clouds and Rain*…

Il s'interrompit et détourna les yeux.

— Lorsque tu m'as abandonné, j'ai cru mourir, Raven…, articula-t-il d'une voix brisée.

— Abandonné ? répéta-t-elle, abasourdie. Je ne t'ai jamais abandonné, Brandon.

— Tu es partie sans même me donner une chance de me justifier, de t'expliquer ! Etait-ce une façon de te venger pour la façon dont je t'avais quittée ? Voulais-tu me faire souffrir en me laissant comme je l'avais fait cinq ans auparavant ?

— Non ! s'exclama-t-elle, horrifiée qu'il ait pu penser une telle chose. Je te l'ai dit dans le mot que je t'ai laissé…

— Quel mot ? demanda-t-il en fronçant les sourcils.

— Celui que j'ai laissé sur le piano.

— Je n'ai pas vu de mot. Lorsque je suis rentré au cottage, Mme Pengalley m'a dit que tu étais partie après notre dispute, que tu avais pris le premier avion pour Los Angeles… J'étais fou de douleur.

J'ai ramassé nos notes et nos partitions et je suis parti pour New York...

— Ce n'est pas du tout comme ça que les choses se sont passées, gémit Raven, horrifiée par cet absurde quiproquo. Juste après notre dispute, j'ai reçu un coup de téléphone de Julie qui m'a appris l'accident. Il fallait que je rentre au plus vite...

— Quel accident ?

Raven le regarda fixement, ne parvenant pas à croire qu'il n'était pas au courant. Elle commençait à présent à comprendre sa colère et la façon dont il l'avait traitée au restaurant.

— C'est ta mère, n'est-ce pas ? murmura-t-il, lisant la vérité dans ses yeux.

— Oui. Elle a eu un accident et j'ai dû revenir à Los Angeles.

— Mais pourquoi ne pas m'avoir attendu ?

— Parce que le Dr Karter disait que c'était une question d'heures. L'ironie tragique de la chose, d'ailleurs, c'est que je suis arrivée trop tard, de toute façon...

— Oh, Raven... Je suis désolé... Je ne savais pas.

Il s'interrompit, ravalant avec difficulté l'émotion qui l'étranglait.

— Lorsque je suis arrivé à New York, reprit-il, j'ai commencé à travailler sur les arrangements de *Fantasy* tout en me demandant ce que j'allais bien pouvoir faire à ton sujet. J'avais déjà essayé de te reconquérir une fois et je croyais que tu m'avais abandonné... J'ai essayé de me convaincre que je ferais mieux de rentrer en Angleterre et de t'oublier définitivement. Mais plus j'entendais la musique que nous avions écrite ensemble et plus je savais que c'était impossible. Elle disait mieux que nos mots et que nos caresses ce que je savais depuis le jour où je t'ai rencontrée, Raven. Je t'aime.

Il fit mine de s'approcher d'elle mais elle l'en empêcha.

— Je t'en prie, murmura-t-elle d'une voix brisée par l'émotion. Si tu me touches, je serai incapable de parler...

Elle essuya ses larmes du revers de la main et le regarda droit dans les yeux.

— Tu m'as expliqué ce que tu as éprouvé et c'est à mon tour de le faire. Ce sont tes règles, après tout.

— C'est juste, acquiesça-t-il. Je t'écoute.

— Tu m'as reproché de ne pas m'être confiée à toi, lui dit-elle, de ne jamais t'avoir rien dit au sujet de ma mère. Et tu as raison, même si je découvre aujourd'hui que je n'étais pas la seule à dissimuler certaines choses, ajouta-t-elle avec un pâle sourire. Je voudrais juste essayer de t'expliquer pourquoi je l'ai fait.

Elle s'interrompit, remettant de l'ordre dans ses idées.

— Lorsque je t'ai rencontré, reprit-elle, j'avais perdu tous mes repères. Brusquement, j'avais accédé à la gloire, à l'argent et à la reconnaissance. Tout est arrivé si vite que je ne savais même pas à qui je pouvais faire confiance et de qui je devais me méfier… Lorsque je t'ai rencontré, tu étais encore pour moi le grand Brandon Carstairs, celui que je n'avais jamais imaginé que comme un nom sur une pochette de disque ou une silhouette distante plantée sur une scène…

Elle lui sourit à travers ses larmes.

— Je considérais ma mère comme ma propre responsabilité et j'avais honte d'elle. Tu avais beau être quelqu'un d'apparemment merveilleux, je ne te connaissais pas vraiment et j'ignorais si je pouvais te faire confiance. D'autant que tu ne m'avais jamais dit que tu m'aimais, en ce temps-là…

Elle soupira.

— Ensuite, tu m'as quittée et j'ai cru que c'était parce que tu t'étais lassé de moi. Alors, quand je t'ai vu resurgir dans ma vie, je me suis méfiée.

— Je comprends, soupira Brandon. Et dire que, si nous nous étions fait confiance l'un à l'autre dès le début, nous serions ensemble depuis cinq ans.

— Ce n'est pas certain, répondit Raven. Nous étions peut-être trop jeunes et trop inexpérimentés pour ce genre d'histoire. Ces cinq ans nous ont laissé le temps de grandir…

Brandon sourit, légèrement rasséréné par cette idée.

— Tu ne cesseras jamais de m'étonner, murmura-t-il, admiratif. Je ne pensais vraiment pas que tu arriverais à trouver quelque chose de positif dans tout ce gâchis…

S'approchant d'elle, il la prit dans ses bras. Le

baiser passionné qu'ils échangèrent disait mieux que des serments le soulagement qu'ils éprouvaient à s'être enfin retrouvés et la confiance qu'ils avaient l'un dans l'autre.

— Tu n'as qu'à regarder notre première histoire d'amour comme une répétition, lui dit-elle lorsqu'ils se séparèrent enfin. Maintenant que nous avons enfin trouvé la mélodie, il ne nous reste plus qu'à improviser.

Dès le 1ᵉʳ février,
4 romans à découvrir dans la

collection NORA ROBERTS

Le destin d'une insoumise

Lorsqu'elle découvre La Pointe des Vents, en Nouvelle-Angleterre, Gennie tombe aussitôt sous le charme. Là, elle le sait, elle trouvera l'inspiration pour peindre, et oublier le drame qui l'a récemment frappée. Mais sa tranquillité est vite troublée par la présence de son voisin, Grant Campbell, qui habite un splendide phare désaffecté. Un homme solitaire, ténébreux, mais aussi terriblement séduisant : le désir qui jaillit bientôt entre eux ne fait qu'ajouter au trouble de Gennie. Et quand elle finit par céder à cette folle attirance, c'est pour se rendre compte, paniquée, que celle-ci se mêle à des sentiments plus profonds, plus tumultueux. Pourtant, tôt ou tard, elle devra quitter La Pointe des Vents, et Grant, pour repartir chez elle, à La Nouvelle-Orléans…

L'inconnu aux yeux gris

Orpheline dès l'enfance, Megan a été élevée par son grand-père à Myrtle Beach. Et c'est dans cette ravissante station balnéaire qu'ils dirigent tous deux un parc d'attractions auquel ils sont passionnément attachés. Mais alors qu'approche la pleine saison touristique, Megan apprend que David Katcherton, un richissime homme d'affaires, veut justement racheter leur parc. Un projet auquel elle s'oppose aussitôt farouchement. Mais si David Katcherton est un homme d'affaires opiniâtre, il est aussi un dangereux séducteur, qui n'hésite pas à déployer tout son art pour faire la conquête de Megan. Comment lutter contre le désir intense qu'elle ressent pour lui, en dépit de tout ce qui les sépare ? Pire, ne risque-t-elle pas de tomber amoureuse d'un homme qui ne voit en elle qu'un pion à utiliser ?

collection NORA ROBERTS

Une femme en fuite

Dès qu'il la voit entrer dans son bureau, Cade Parris en est certain :
Virginia est la femme de sa vie. Mais avant toute chose, il doit aider
cette jeune femme affolée et désemparée à recouvrer ses souvenirs, son
passé — un choc l'a rendue amnésique. Tout ce qu'elle sait, c'est qu'elle
est en danger et qu'un tueur la pourchasse. Et tout ce qu'elle possède,
c'est un sac contenant des billets de banque, un pistolet et... un énorme
diamant bleu, d'une valeur inestimable. Parce qu'il aime les défis, mais
aussi parce qu'il sait que Virginia ne pourra lui ouvrir son cœur tant
qu'elle n'aura pas retrouvé la mémoire, Cade décide de tout faire pour
l'aider et la protéger...

Un cottage en Cornouailles

En reconnaissant la haute silhouette de l'homme avec qui elle a rompu
cinq ans auparavant, Raven sent son cœur s'emballer. Pour quelle raison
le célèbre musicien anglais Brandon Carstairs, qu'elle pensait ne jamais
revoir, se trouve-t-il à Los Angeles ? Doit-elle se réjouir de son retour ou
bien s'enfuir pour ne pas souffrir à nouveau ? Pourtant, lorsque Brandon
lui révèle le but de son voyage, elle est totalement désemparée. Car ce
qu'il lui demande, c'est de l'aider à composer sa prochaine musique de
film, l'adaptation d'un formidable best-seller qu'elle adore. Un projet
artistique dont Raven a toujours rêvé, et qu'elle ne peut refuser. Alors,
malgré sa défiance et ses souvenirs douloureux, elle accepte de travailler
avec Brandon et de s'installer pour quelques semaines dans son cottage
en Cornouailles...

Prochain rendez-vous le 1er juin 2012

Best-Sellers n°494 • roman
Un nouveau jour - Joan Johnston

Kristin Lassiter est bouleversée : Bella Benedict, la mère de Max, son grand amour de jeunesse, lui demande de venir lui rendre visite en Angleterre, dans son château de famille. Bella, que Kristin n'a jamais revue depuis le jour où Max lui a brisé le cœur, dix ans auparavant. Pourquoi son ex-belle-mère cherche-t-elle soudain à la contacter ? Et quelle est cette fameuse mission qu'elle dit vouloir lui confier ? Une mission qui, apparemment, est susceptible de lui rapporter beaucoup d'argent. Kristin hésite. Elle élève seule sa petite Félicity et elle a vraiment du mal à s'en sortir financièrement. La proposition de Bella pourrait certes être un moyen de remédier à ce problème, mais elle craint de rouvrir d'anciennes blessures en croisant Max... Et ce qu'elle redoute encore plus, c'est que son secret - celui que le chagrin l'a conduite à préserver toutes ces années - n'éclate au grand jour.

Best-Sellers n°495 • suspense
L'inconnu de Shadow Falls - Maggie Shayne

Depuis des années, Olivia Dupree, professeur de littérature, voue une admiration sans bornes à Aaron Westhaven, un célèbre romancier qui vit caché. Aussi est-elle très surprise lorsque ce dernier accepte de venir parler au cours de la conférence qu'elle organise pour ses étudiants. Mais le jour prévu, quelle n'est pas la stupeur d'Olivia lorsqu'elle est convoquée par la police à l'hôpital, au chevet d'un inconnu victime d'une tentative de meurtre... Une stupeur qui ne fait que s'accroître quand elle apprend que sa carte de visite se trouvait dans la poche de cet homme qui a perdu la mémoire... Qui peut bien être cet étranger séduisant et mystérieux ? Est-il l'écrivain qu'elle avait fini par considérer comme son âme sœur ? Et si ce n'est pas le cas, que faisait-il à Shadow Falls avec sa carte de visite dans la poche ? Soudain, prise de panique, Olivia craint de voir ressurgir le secret d'un passé qu'elle fuit depuis seize ans.

Best-Sellers n°496 • suspense
Noir Secret - Brenda Novak

Brillante substitut du procureur, Grace Montgomery ne s'attendait pas à voir un jour ressurgir les terribles démons de son passé. A l'âge de neuf ans, Grace a en effet été victime des désirs pervers de son beau-père, le révérend Barker, un homme pourtant respecté de tous dans la petite ville de Stillwater. Et même après la mystérieuse disparition du révérend, ce n'est que dans la fuite et le silence qu'elle a trouvé refuge. Un refuge, hélas, bien fragile. Car aujourd'hui, alors que les souvenirs viennent forcer les portes de sa conscience, d'importantes zones d'ombres persistent, assorties d'un obscur malaise qui l'invite à penser qu'elle a joué un rôle dans la disparition de son bourreau. Sinon pourquoi, après toutes ces années, se sentirait-elle toujours coupable ? Résolue à clore ce chapitre douloureux de son existence, Grace n'a plus le choix : elle doit retourner à Stillwater pour exhumer le passé…

BestSellers

Best-Sellers n° 497 • thriller

Frayeur - Michelle Gagnon

Appelée sur une nouvelle scène de crime à Phoenix, Kelly Jones, agent spécial du FBI, découvre une mise en scène macabre : le corps de la victime a été minutieusement découpé, et ses différents membres, artistement répartis aux extrémités d'un socle en forme d'étoile. Pire encore, Kelly comprend bientôt que ce qu'elle a vu n'est que l'un des rouages d'un projet macabre plus vaste encore, et que le meurtrier séquestre Madison, une jeune adolescente de seize ans. Un kidnapping sur lequel enquête son fiancé, Jake Riley, un ancien flic brillant et charismatique reconverti dans la libération d'otages. Perturbée par la tournure des événements mais épaulée par Jake, Kelly est prête à tout pour déjouer le complot derrière lequel, elle en est persuadée, se cache un adversaire plus redoutable que jamais. Un adversaire qui exige une rançon aussi inédite qu'effroyable.

Best-Sellers n° 498 • roman

L'héritière australienne - Lynne Wilding

A la mort de son père, Carla Stenmark hérite d'un domaine viticole dans la Barossa Valley, en Australie. Une propriété dont son père ne lui a jamais parlé. Pas plus que de son passé secret, qu'elle découvre à la lecture de son journal intime : accusé à tort d'avoir séduit la fiancée de son frère, Rolfe a été renié et banni par son propre père. En s'installant à Sundown Crossing avec son fils, c'est donc un double défi que Carla s'apprête à relever : remettre en état un vignoble en friche depuis des années, et renouer avec le clan Stenmark, bien qu'héritière d'un fils maudit…

Best-Sellers n° 499 • historique

Le mystère des Carlyle - Shannon Drake

Angleterre, 1892.

A l'idée d'affronter le comte de Carlyle, dont la réputation suffit à la faire frissonner, Camille est terrifiée. Hélas, elle n'a pas le choix : son tuteur, l'homme qui l'a recueillie alors qu'elle n'était encore qu'une enfant, et qu'elle aime par-dessus tout, a été injustement emprisonné au manoir des Carlyle. Alors peu importent les rumeurs qui prétendent que le comte est l'héritier d'une redoutable malédiction qui touche quiconque essaie de l'approcher, Camille est déterminée à rencontrer cet homme et à obtenir la libération de son protecteur. Mais sa détermination vacille dès son arrivée au manoir. Car derrière le masque terrifiant que le comte porte en public, elle découvre un regard profondément troublant, celui d'un homme blessé qui détient la clé d'un terrible secret…

BestSellers

Best-Sellers n°500 • thriller

Tabous - Nora Roberts

A près de soixante-dix ans, Eve Benedict est de ces stars qui ont bâti leur carrière par un travail acharné, mais aussi par le talent et la beauté. Un oscar et deux Tony Awards ont consacré ce parcours sans défaut. Quatre maris, des amants et de multiples liaisons lui ont construit une image sulfureuse. En faisant appel à la journaliste Julia Summers pour rédiger ses mémoires, Eve a décidé de se mettre à nu, sans tabou, quitte à dévoiler ses zones d'ombre, déclencher des scandales ou détruire des réputations. Mais à peine Julia a-t-elle emménagé avec son fils dans la propriété de Beverly Hills qu'un climat de menace s'installe : lettres anonymes, cambriolages… Pour l'une comme pour l'autre, écrire ce livre va désormais devenir une question de vie ou de mort. Car de ce face-à-face entre Eve et Julia, aussi subtil que cruel, un secret inavouable va émerger. Un secret mortel pour qui se risquerait à le divulguer.

Best-Sellers n°501 • historique

Sur ordre royal - Margaret Moore

Pays de Galles, 1205

Promise par le roi au ténébreux Madoc de LLanpowell, lady Roslynn de Werre redoute de rencontrer son fiancé, que tous surnomment « l'ours de Brecon ». Hélas, après la trahison dont s'est rendu coupable son époux disparu, elle est désormais à la merci du roi et doit se plier à ses ordres. Et puis, même si cette alliance ne lui apportera jamais l'amour auquel elle aspire, elle représente sa seule chance de s'éloigner de la cour, où elle subit les pires humiliations depuis la mort de son mari. Aussi accepte-t-elle de se rendre au manoir de LLanpowell pour s'offrir au sombre Madoc en dépit de ses réticences. Mais alors qu'elle pensait que le guerrier accepterait sa main - et sa fortune – sans hésiter, Roslynn a la surprise de découvrir que ce mariage lui déplaît au moins autant qu'à elle. Pis encore ! Madoc refuse catégoriquement de prendre pour épouse une femme choisie par un autre… Désespérée à l'idée de retourner auprès du roi, Roslynn décide alors de tout faire pour séduire l'ombrageux guerrier…

www.harlequin.fr

Recevez directement chez vous la

collection NORA ROBERTS

7,13 € (au lieu de 7,50 €) le volume

Oui, je souhaite recevoir directement chez moi les titres de la collection Nora Roberts cochés ci-dessous au prix exceptionnel de 7,13 €* le volume, soit 5% de remise. Je ne paie rien aujourd'hui, la facture sera jointe à mon colis.

❏ Le destin d'une insoumise	NR00013
❏ L'inconnu aux yeux gris	NR00014
❏ Une femme en fuite	NR00015
❏ Un cottage en Cornouailles	NR00016

* + 2,95 € de frais de port par colis.

RENVOYEZ CE BON À :

Service Lectrices HARLEQUIN - BP 20008 - 59718 Lille CEDEX 9

N° abonnée (si vous en avez un) ⎵⎵ ⎵⎵⎵⎵⎵⎵⎵⎵

Mme ❏   Mlle ❏   Prénom _____

NOM _____

Adresse _____

Code Postal ⎵⎵⎵⎵⎵ Ville _____

Tél. ⎵⎵⎵⎵⎵⎵⎵⎵⎵⎵ Date d'anniversaire ⎵⎵⎵⎵⎵⎵⎵⎵

E-mail _____ @ _____

❏ oui je souhaite recevoir par e-mail les informations des éditions Harlequin
❏ oui je souhaite recevoir par e-mail les offres des partenaires des éditions Harlequin

Retrouvez

collection **NORA ROBERTS**

n°1 sur la liste des meilleures ventes du New York Times !

sur

www.harlequin.fr

- ♥ Sa biographie
- ♥ Son interview
- ♥ Ses livres

Rendez-vous sur www.harlequin.fr
rubrique Les Auteurs

Composé et édité par les

éditions HARLEQUIN

Achevé d'imprimer en France (Malesherbes)
par Maury-Imprimeur
en janvier 2012

Dépôt légal en février 2012
N° d'imprimeur : 169470

10/12